神の使いでのんびり異世界旅行

～最強の体でスローライフ。魔法を楽しんで自由に生きていく！～

3

Wamiya Gen

和宮玄

illust. OX

As an apostle of god.

——— Have a nice trip to another world !

CONTENTS

As an apostle of god,
——Have a nice trip
to another world !

「いただきます」
ローレンス
トウヤと同じ宿に泊まる
裕福そうな謎多き男。

カトラ
トウヤの旅仲間。
元受付嬢の剣士。
ゴーヴァル
『飛竜』のメンバーで
斧使いのドワーフ。
無類の酒好き。
リリー
トウヤの旅仲間。
魔法使いの少女。
ジャスミン
『飛竜』のメンバーで
魔法使いのエルフ。
重度の魔法オタク。

モクル
『飛竜』のメンバーで
大剣使いの獣人。
料理担当。
レイ
トウヤの従魔。捕まえた獲物を
よくトウヤの前に持ってくる。
トウヤ
女神様の使徒。
異世界を巡る
旅の途中。
サム
Sランク冒険者パーティ
『飛竜』のリーダーで剣士。

「ガンガンゆくぞ。ほれ、三杯目じゃ」
フレッグ
ダンジョールの工房『泉の道』の親方。大酒飲み。
ノルーシャ
ネメシリアを拠点に活動するクーシーズ商会のトップ。お酒には自信がある。

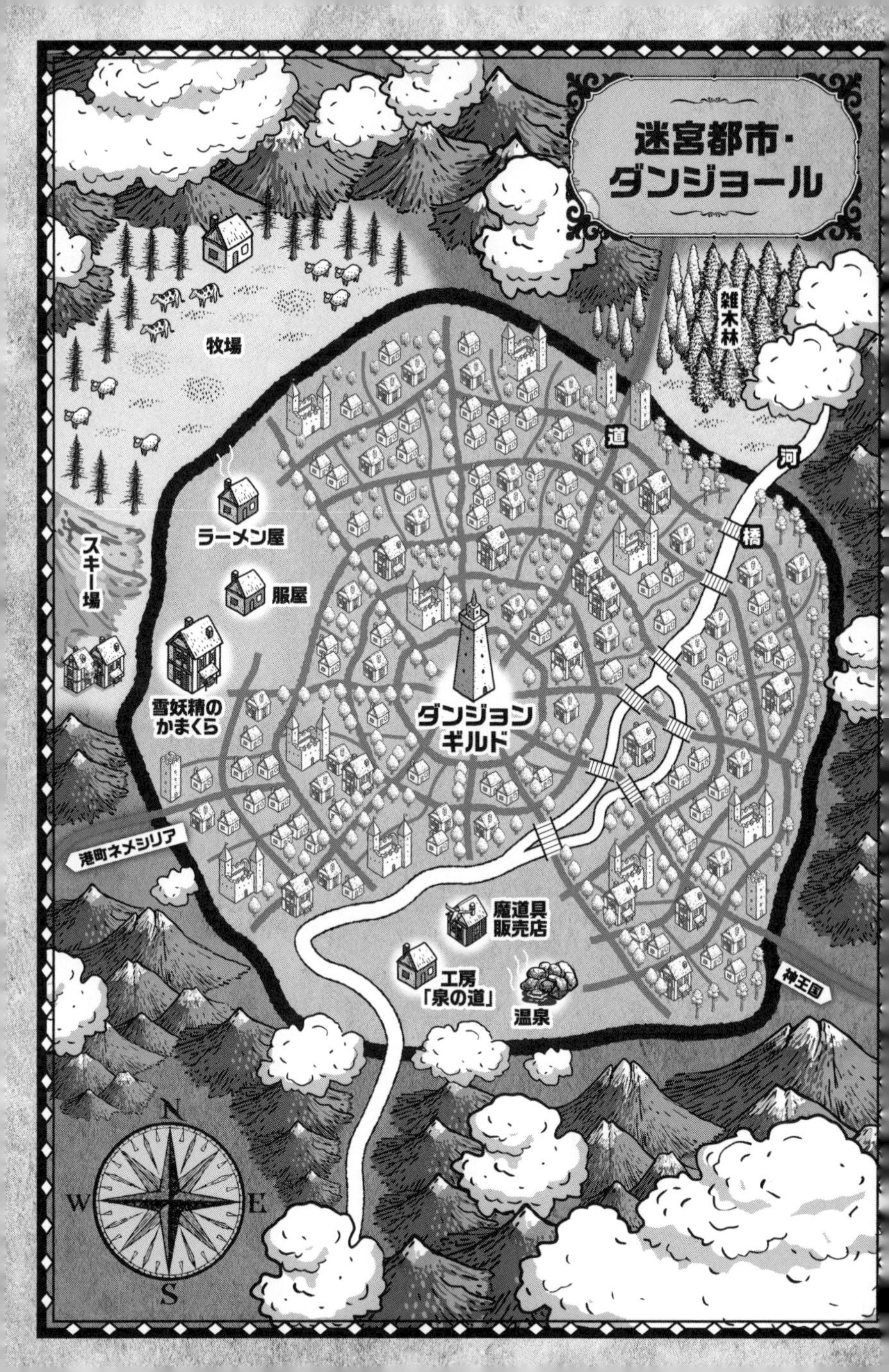
迷宮都市・
ダンジョール
雑木林
牧場
道
河
橋
ラーメン屋
スキー場
服屋
雪妖精の
かまくら
ダンジョン
ギルド
港町ネメシリア
魔道具
販売店
工房
「泉の道」
温泉
神王国
N
W
E
S

第一章 雨宿りの出会い

「……くしゅっ」

本降りになってきた雨の音に混じって、隣で可愛らしいくしゃみが鳴った。

僕たち一行は、なだらかな坂沿いにある大きな木の下に馬車を止め、荷台の中で絶賛雨宿り中だ。木の葉や地面、馬車に張っている幌に雨が打ちつけられている。

迷宮都市は山々を越えた先の高い標高に位置している。山間を抜けているうちに高くなってきた標高に加え、雨のせいで気温はかなり冷え込んできていた。

「大丈夫、リリーちゃん？　トウヤ君に羽織る物、もう一枚出してもらいましょうか」

濡れたユードリッドの体を拭いて、暖をとらせるために毛布をかけていたカトラさんが外から声をかけてくる。

つられて僕も横を見ると、先ほどくしゃみをした張本人であるリリーは、重ね着をして膝を抱え込みながら首を振った。

まあ、本人が問題ないって言ってるから大丈夫なんだろうけど。今だってジュビって鼻を啜ってるし。ちょっと心配だな。

カトラさんには、リリーが鼻を啜る音は届かなかったらしい。

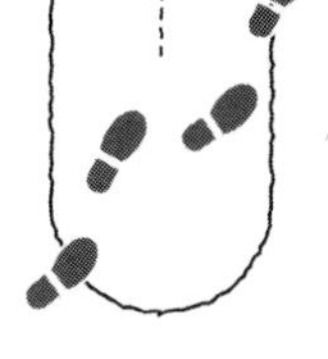

それ以上何かを尋ねることはなく、ユードリッドの対応を終えると、自身が着ている外套（がいとう）の襟元（えりもと）を上げながら荷台の中に入ってきた。

吐く息は、くっきりと白い。

「トウヤ君は寒くない？」

「あ、はい。僕はおかげさまで大丈夫です。レイもいますし、カトラさんのスープを飲んでたら段々温まってきたので」

僕やリリーの分と一緒に、先ほど準備しておいたスープを入れたカップをカトラさんにも渡す。

レイは寒さに強いようだ。無力化を解いてあげると僕が出した毛布に入ってくることもなく、いつもの調子で隣でぼうっとしている。

もふもふで温かいので、これは良いとくっつかせてもらっている。

「ありがと。なら良かったわ。もう、トウヤ君にはレイちゃんがいて羨（うらや）ましいんだから」

カトラさんはそう言うと、レイの逆サイドに腰を下ろす。

「失礼するわね。ふふっ、本当に温かい」

ご機嫌な様子でレイにもたれかかり、湯気の立つカップに口をつけている。これにはレイも、ほんの一瞬だけ困った顔をしていたのでつい笑ってしまった。

今のところ風はあまりない。

だからまだマシだけど、ネメシリアの温暖な気候が懐かしくなるほど体の芯（しん）まで冷える寒さだ。

ちなみに僕たちが今飲んでいるこのスープ。これはネメシリアの街にあるカフェで出合い、カトラさんが再現を試みることになったものだ。

この移動中にカトラさんが作った試作品第何号かで、僕のアイテムボックスに収納していたのだった。

「リリーも飲んだ方が温まるよ」

スープのおかげもあり、冷えた体が温まってきている。

しかし、一番寒そうにしていたリリーはカップを手に持ってるだけで、あまり飲んでいる様子がない。なので、念の為言ってみた。

「…………」

あ、あれ。

けれど、なぜか彼女の反応は芳(かんば)しくない。ジッと手元のカップに目を落としているだけで、なかなか口元に運ぼうとしない。

どうしたんだろう。

もしかして、お腹(なか)が痛いとか?

やっぱりアイテムボックスから羽織れる物をもう一枚出そう。僕はそう思ったが、リリーの横顔を見ていたらすぐに気がついた。

あっ、これ……。多分、単純にスープが飲みたくないんだ。

このスープを作ったカトラさんを見る。

すると彼女はとっくにリリーの気持ちに気付いていたようで、苦笑しながら視線だけを返してきた。

僕たちがネメシリアの街を出てから、一ヶ月と少し。

途中にある村や小規模な街での滞在は寝泊まりにだけに留め、様々な自然の景観を楽しみながら移動してきた。

その間カトラさんが何度か作ったことで、消費するためにもこれとほぼ同じ味のスープをたくさん飲んできたからなぁ。平均すると、大体三日に一回のペースでは口にしていたかもしれない。

だから、だろう。

リリーは流石に飽きが来て、もう今は飲みたくないってのが正直なところなんだと思う。

何しろ、リリーは正真正銘のまだ十歳だ。お店の味を完璧に再現するにはまだ試行錯誤が必要とはいえ、現状でもかなり美味しいから全然ウェルカムな僕とはわけが違う。

僕やカトラさん以上に、飽きが来やすくて当然なのかもしれない。

わざわざ口に出して触れてしまい、カトラさんにも悪いことしてしまった。

「足止めくらっちゃったけれど、この雨の前にここまで来られていて良かったわよね」

僕が勝手に気まずくなっていると、気を利かせてくれたのかカトラさんが話題を提供してくれた。

「朝のうちに村を出てなかったら、道がぬかるんでいて大変だったわ。迷宮都市まであと一日だからって気を抜かず、しっかり早起きした甲斐があったわね。あとはあまり激しくならず、雨が止んでくれたら良いのだけど……」

「そ、そうですね。ユードリッドが頑張ってくれていたので、もうゴールは近いんでしたっけ？」

「ええ、あの山を越えた先よ」

カトラさんが前方に広がっている山を指す。

僕たちが今いる坂を進んでいった先にある山だ。ここからだと特別高いわけでもないし、ちょっとした丘くらいに見える。

今朝出た村から少しの間は道もあまり舗装されておらず、土が露出していた。

だけど迷宮都市が近づいてきて、すでにこの辺りの道は石が敷かれている。街の近くでいきなり険しい道に戻ったりはしないだろうし、雨の影響もなくあまり苦労せずに越えられそうだ。

「くっしゅん！」

僕が近づいてきた目的地にわくわくしていると、またしてもリリーのくしゃみが荷台内に響いた。

「体を壊したらいけないし、温かい紅茶でも――」

スープが嫌なら紅茶を用意してあげよう。

さっきよりも大きくなったくしゃみにそう思い、カトラさんと一緒にリリーの方を向きながら伝えようとする。

けれど、リリーはこっちを見ていなかった。視線は荷台の後方、僕たちが通ってきた道の方に向いている。

「……？」

不思議に思い、カトラさんと顔を見合わせる。

その時、リリーがぽつりと呟いた。

「……誰か、きた」

えっ、この雨の中を？

僕たちも気になって目を凝らしてみると、緩やかな坂の下の方から雨の中を駆けてくる人影が見えた。

冒険者、だろうか？　それぞれが剣や斧、杖などバラバラな物を身につけ、背丈や雰囲気なども
バラバラな四人組がこっちに向かってきている。

「あ！　あの木、あの木。ほら、あそこだったら雨宿りにぴったりでしょ？」

そのうちの唯一の女性が、僕たちがいる大きな木を指差して何やら言っている。彼女たちもここで、この雨をやり過ごすつもりみたいだ。

四人組は全員がかなり俊足で、みるみるうちに近づいてくる。こちらをちらっと見ながら、数メートル距離を置いて木の下に入ってきた。

「えっ……。あ、ああっ!!」

そして彼らが一息つこうとしている時、唐突にカトラさんが叫んだ。

今度は僕とリリーが顔を見合わせ、カトラさんを見る番になる。

彼女は今まで見たことがないくらい目を大きく見開き、嬉しそうな表情をしている。どこか現実だとは信じられないような、そんな表情だ。

カトラさんが見ていたのは、今さっき来たばかりの四人組。彼らも突然の叫び声に何事かと驚いた様子だったが、すぐに四人のうち二人の顔が明るくなった。

目を丸くし、カトラさんと同じように信じがたいものを見たかのような表情になっている。同時に滲み出しているのは、隠しようのない嬉しさ。

えーっと、これは一体……。

「か、カトラじゃないかっ⁉」

片方の男性がカトラさんの名前を呼ぶ。

「サムさん、モクルさんっ‼」

その瞬間、カトラさんはカップを置き、勢いよく荷台を飛び出していった。

なるほど。どうやら彼らはカトラさんの知り合いだったみたいだ。

カトラさんは冒険者四人のうち二人と抱き合うと、互いに親しげに話している。

リリーと目が合い、僕たちも行ってみることにする。寒さはもういいんだろうか。羽織っていた毛布なんかは置き、リリーは上着だけの格好でついてきた。

その後ろにはレイもついてきている。

ちなみに僕の現在の格好はというと、フストを出る前に孤児院でメアリさんに手伝ってもらいながら作った外套を着込んでいる。

「お、この子たちは……」

すぐに、さっきカトラさんを呼んだ方の男性が僕たちに気付き言った。

「私の旅の仲間たちよ。どう、フレッシュでしょう？」

「トウヤです」

「リリー」

黒の短髪に、がっしりした体つきの男性だ。革製の上質そうな装備に身を包み、腰には両手剣を携えている。剣士だ。

四十歳くらいに見える彼は、優しく微笑むと握手を求めてきた。

「サムだ。いや驚いた。たしかにかなりフレッシュな仲間と旅をしているようだな、カトラ」

僕とリリーと握手を終え、サムさんはカトラさんに言葉を返す。笑った時に目尻に入る皺が、人の良さを感じさせる。

「ちょ、ちょっといいかな？」

カトラさんと知り合いらしいもう一人の人物が、控えめに手を挙げる。

「あ、僕はモクルだ。よろしくね」

控えめに挙げられた手とは対照的に、モクルさんは体が大きく、二メートルくらいありそうな巨漢だ。獣人のようで頭には熊みたいな耳が二つ。さらに横に置いている武器は、大剣だ。だけど不思議と威圧感はない。優しさが全身から滲み出ているような人だ。

「で、なんだけど……」

モクルさんはちらり、と僕の横にいるレイを見る。

「そこにいるのは誰かの従魔かな？　凄い存在感があって聞かずにはいられなくって」

「あ、紹介が遅れました。レイといって僕の従魔です」

レイが発する魔力を感じ取ったのだろうか。それとも、もしかすると獣人特有の感覚とかでフェンリルとしてのオーラを察知したのかもしれない。警戒心が感じられる。

「そ、そうか。ならいいんだ。いや、ごめんね」

僕が紹介すると、モクルさんはホッとした様子で言う。カトラさんとリリーの顔を見てから、それきり口を閉じてしまった。

あと、偶然目に入っただけだ。だから見間違いかもしれないけど、最後にはサムさんの目も見ていた気がする。

言葉にはしない、視線だけでのやり取り。今まで警戒されるとしても、ここまで食い気味にレイのことを確認されたりはしなかったからな。

相手は武器を携帯したりしてるし、多分冒険者で間違いないだろう。普段は魔物を相手にしているのかもしれない。

変に警戒させてしまったかな？

「二人も話は聞いてただろ。彼女たちに紹介させてくれ」

僕はそう心配したけれど、サムさんは特に気にした様子も見せず、後ろにいる残りの二人にも声をかけて呼んでくれる。

長髭（ひげ）を蓄えた背の低い男性と、金髪のすらりとした女性だ。外見的な特徴からするとドワーフとエルフの方だろう。

「ゴーヴァルじゃ、よろしくのう」

「可愛らしい子たちだねっ。私はジャスミン、よろしくね」

筋肉質なドワーフのゴーヴァルさんは、大斧を背負っている。

一方で耳の先が尖っており、かなり美形なエルフのジャスミンさんは魔法使いっぽい三角帽にローブ、木製の長杖といったスタイルだ。

彼らはパーティなんだろう。種族的にも全員が全員異なっているという集団に出会ったのは、この世界に来て初めてのことだ。

僕とリリーが挨拶を返していると、カトラさんも「はじめまして」と言っている。やっぱり、知り合いなのはサムさんとモクルさんだけだったらしい。

彼らとはどこで知り合ったんだろう？

僕が疑問に思っていると、ドワーフのゴーヴァルさんが腕を組んでサムさんを見上げた。

「して、どういう関係なんじゃ。こちらの嬢ちゃんとは」

「ほら、何度か話したことがあるだろ。ゴーヴァルとジャスミンに出会う前のパーティのことを」

「ぬ？　そりゃあ、つまり……」

眉根を寄せたゴーヴァルさんがちらりと横を見る。その視線を受け、代わりに続きを言ったのはジャスミンさんだった。

「もしかして、私たちの前に『飛竜』にいた、もう一人のメンバーのことっ？」

「そうだ」

サムさんが頷くと、ジャスミンさんは目を輝かせ両手を胸の前で合わせる。

「ドラゴンの首をスパッと断ったっていう大斧使い、『伐採』ね！」

まるで伝説を語るような口調で話しながら、飛び跳ねている。

整理するとサムさんたちのパーティ名が『飛竜』で、ジャスミンさんたちが加入する前はサムさんとモクルさん、そして『伐採』という二つ名？ があるもう一人と組んでいたということだそうだ。

その人がカトラさんと何らかの関係があるようだけど……。

「ああ。彼女――カトラは、その『伐採』の娘なんだ」

続きを待っていると、サムさんが嬉しそうに目尻を下げながら告げた。

「え、うっそー⁉」

「えっ」

大げさな動きで驚くジャスミンさんと、僕の声が重なる。

一方で話の流れから大体の予想がついていたのか、ゴーヴァルさんは「やっぱりか」といった感じで落ち着いている。

リリーも口には出さなかったけど、かなりびっくりしたらしい。

「……本当？」

隣でカトラさんにそう尋ねている。

「ええ、実はね。リリーちゃんは聞いたことなかったかしら、お父さんの冒険者時代のこと」

「うん。すごかったってことだけ」

秘密を打ち明けるかのように、カトラさんは口角を上げる。

なるほど、そうか。

「じゃあ、おふたりはグランさんのお仲間だったんですね」

昔、亡くなるまではカトラさんの実の親も冒険者をしていたって話は聞いている。だからお父さんと言っても実の親なのか、それとも……。

そう思っていたけど、この様子だと育ての親であるグランさんのことを指しているのだろう。

それにしてもグランさん、『伐採』とか呼ばれてたんだ。ドラゴンの首を断ったみたいだし。

あまりの逸話っぷりに、ドラゴンを倒し豪快に笑うグランさんの姿が脳裏に浮かび、思わず笑ってしまう。

……ん？　そういえば、そんな逸話を残しているグランさんと仲間だったってことは。

「えっ、グランさんってたしかSランク冒険者だったって前に言ってませんでしたっけ？」

カトラさんから聞いた話では、グランさんは現役時代、冒険者におけるトップの等級であるSランクだったような……

じゃ、じゃあ。

「そうね」

カトラさんが頷くのを見て、僕はそのままサムさんたちの顔を見た。

「みなさんも……」

あまりジロジロ見すぎてしまったか。苦笑いを浮かべながら、サムさんは首にかけてある紐を引っ張って、ギルド章を胸当ての外に出した。

「なんとか今もSランクでやってる。四人ともランクはSだ」

薄らと紫色の光を放つ、黒い金属が付けられたギルド章。

凄い。間違いなく、今まで見た中で一番強い冒険者たちだ。

気圧されるような威圧感がまったくないから気付かなかったが、これも実力ゆえなのか。

「S級パーティ、初めて会った」

これにはリリーも、ほえーっと感動を露わにして口を丸くしている。

僕たちがキラキラとした目で『飛竜』の面々を見ていると、モクルさんが照れくさそうに頬を掻いた。

「ま、まあ僕たちは、もう年だからね。体力も昔ほどはないし、技術で何とかやってるって感じさ」

「ちょっと！　年って何よ。私はまだまだ若いんだけどっ⁉」

ジャスミンさんが憤慨してツッコんでいる。

たしかに、平均年齢が高めのパーティなのにジャスミンさんだけは若々しい印象を受ける。

長寿だというエルフだから人間の感覚で外見から推測はできないけど、実際は何歳くらいなんだろうか。気になったけど、一斉に顔を逸らすパーティメンバーの三人を見て、訊くのはやめておくことにした。

うん、女性には年齢を尋ねたりするものじゃない。

カトラさんがサムさんたちとの再会を喜んだりしながら、大きな木の下でもう少しだけ雨が止むのを待つ。

三十分くらい話しただろうか。　聞いたところによると、サムさんたちは現在ダンジョールを拠点に生活しているらしい。

「今回は気分転換も兼ねて、ちょっとした遠征に行ってたんだ」

今はその帰りだったと、サムさんが教えてくれた。

ちなみに一時期グランさんの顔を見にフストに滞在していたので、その時に子供時代のカトラさんとは会ったらしい。

それからしばらくして、彼女が冒険者として活動していた際、短期間だけダンジョールを訪れたことがあったそうだ。その時はまだゴーヴァルさんとジャスミンさんが加入する前で、同じ二人パーティということでカトラさんは色々と指南を受けたりもしたんだとか。

「なるほどね。つまりカトラちゃんたちは、トウヤくんの旅に同行してるってわけか」

続けてカトラさんが僕たちについても話すと、モクルさんが朗らかに頷いた。

「楽しそうだね。トウヤくんとリリーちゃんも魔法に長けてるなら、心強いだろうし」

「二人も魔法が使えるんだね！」

パーティで魔法使いを担当しているというジャスミンさんが、僕とリリーに話しかけてくる。

「どうどう？　魔法は好き？　私が使える便利なオリジナル魔法、教えようか？　便利だよっ」

「やめんか、ジャスミン。ほれ、坊主たちが困っとるじゃろが」

「えーなんでよ。これでも私、魔法は結構得意な方なんだから悪い話でもないと思うんだけどっ」

ゴーヴァルさんに注意され、ジャスミンさんはつまらなさそうに口をへの字にする。かなりの魔法好きのようだ。

「あ、いえそんな。教えていただけるなら、ぜひいいですか？」

思うように新たな魔法に触れられない日々が続いていた。ダンジョールでは冒険に魔法の勉強、短剣の訓練、色々と観光なんかと並行して頑張りたいところだ。

だから手を小さく挙げながら僕が言ってみると、ジャスミンさんの顔がぱぁっと明るくなった。

「いいねっ。いいよ、トウヤ！　君には素質……魔法への好奇心が感じられる。経験則として、そういう子は伸びるんだよねぇ……」

ちらっ、ちらっ。

言いながら横目でリリー、そしてカトラさんを見るジャスミンさん。

「本当に便利なオリジナル魔法なんだけどなぁ。今だけ、特別に限定で教えてあげようかと思ったんだけど……」

独り言のように言ってるけど、声が大きくてわざとらしい。面白(おもしろ)い人だな。

アピールに負けて、リリーが小さく手を挙げる。

「わたしも、気になる」

「うんっ。いいよいいよ」

ジャスミンさんは嬉しそうに笑いながら、最後にカトラさんを見る。一人残されたカトラさんも、そーっと僅(わず)かに頭を下げ、

「じゃ、じゃあ……せっかくですし、私もいいですか？」

「よしっ、任せたまえ！　伝授してあげるからね、若人よ」

「ジャスミン、その前にだ」

張り切った様子の彼女だったが、空を見上げていたサムさんが口を挟む。

「雨も止みそうだし、道の状態も悪くない。今のうちに先に進もう。あと少しだけ行けば、この時季だと雨の心配もなくなるだろ？」

たしかに、いつの間にか雨も弱くなってきていたようだ。あと少し行けば雨の心配がなくなるって、どういうことなんだろう。

「もう、せっかくいいところだったのに～」

「まあまあ」

立ち上がりつつも残念がるジャスミンさんを、モクルさんが宥める。

「また今度、ゆっくりと教えてあげればいいんじゃないかな。カトラちゃんたちもダンジョールに来るわけだし」

「……う～ん」

唸るジャスミンさんを横目に、自身のだという大剣を担ぎながらモクルさんは続ける。

「そうだ、カトラちゃんたちも僕たちがお世話になってる宿に来てみたらどうかな。もちろん、まだ宿に当たりをつけてなかったらって話だけどね。積もる話はまだまだあることだし」

「宿かぁ……そうねぇ」

カトラさんが、僕とリリーの様子を窺ってくる。

「S級パーティのみなさんが泊まってる宿ですよ……？　僕たち、今はもうあんまり余裕がないですけど」

僕たちも移動再開のため腰を上げながら、小声で言ってみる。

道中で見かけた薬草を途中の街で売ったりはしたけど、正直あまり豪華な宿に泊まる余裕はない。世知辛い話だけど、こればっかりはなぁ。

僕が諦めかけていると、サムさんがにやりと笑った。

「いや。俺たちが世話になってる宿は、ダンジョールの中でも穴場でな。別に高級宿ってわけでもないんだが、かなりオススメだぞ」

「ほんとほんと。私たちは街を出てる間も部屋を借りっぱなしにするくらい、もう住んでるって感じだからね。きっとみんな分の部屋も空いてるだろうし。どうっ、どうかな？」

ジャスミンさんがキラキラとした目を向けてくる。ぜひとも一緒の宿に、という熱烈な誘いだ。

にしても不在の間も部屋を借りてるってことは、言葉通り本当にその宿に住んでいるのだろう。

S級とまでなると、やっぱり受けられる依頼の単価とかも違うのだろうか。

かなり稼げてないと、いくら手頃な宿でも借りっぱなしとはいかないだろう。毎月結構なお金がかかると思うし。

「……料理は？」

「美っ味しいよ～！」

リリーの質問に、食い気味にジャスミンさんが答える。

満足のいく答えだったようだ。リリーは一つ頷くと、僕たちを見てきっぱりと言った。

「トウヤ、カトラちゃん。宿、決定」

……いや、グーって親指を立てられても。

ただ、料理が美味しくて本当に高級じゃなく穴場ってことなら、悪くはないのかもしれないな。

まあ実際には、雰囲気をこの目で確かめてからにはなるけど。

ひとまず今は、こちらも素早く親指を立てて返しておく。よくわからないけど、ここはノリで。

隣のカトラさんも同時に僕と同じようにしているのを見て、ジャスミンさんが「やりぃ〜」と拳を握った。

「と、とりあえず、今は雨も止んだし出発しようか」

カオスな状況に、モクルさんが苦笑いを浮かべている。

……と、いうわけで。

まだ雲は重めで空は暗い。しかし、僕たちはレイを無力化してから馬車に乗り込み、ダンジョールへの最後の旅路を移動することになったのだった。


三時間くらい進んだだろうか。

馬車と並んで歩く『飛竜』の面々とスピードを合わせて坂道を上り、僕たちは最後の山を迂回するように越えてきた。

最初に見た雨の中で走っている時の速度だったら、サムさんたちの移動速度は今よりもずっと速いだろう。なのに、わざわざ僕たちに合わせた速度で歩いてくれている。

だから時々僕も馬車から降りて、自分の足で一緒に歩いたりする。そんなことを繰り返していると、カトラさんが馬車を止めた。

「ふぅ……無事に、帰ってきたのぉ」

ゴーヴァルさんが一つ息を吐いている。

ようやく目の前に現れたのは、僕たちが目指していたダンジョンを擁する街。

重ね着をしつつ僕と同様に馬車から降りて歩いていたリリーも、体を動かしたおかげで寒さは吹っ飛んだようだ。くしゃみも鳴りを潜めている。

彼女も、この街に来るのは初めてらしい。ようやく到着した目的地に、目を輝かせている。

「ここが、ダンジョール……」

山々を越えた先に現れた迷宮都市ダンジョール。

周囲を高さが異なる山に囲まれた、五角形にも似た形をしている盆地にある都市だ。

街の形状については地図上で知っていたけれど、たしかに少し見下ろすような状態になっているここからだと、そんな形をしているようにも見える。

ただ、それだけじゃない。まず初めに感じた何よりもの印象が僕の口を出た。

「綺麗(きれい)ですね、雪！」

そう、雪だ。

視界に広がるダンジョンの街は薄らと雪が積もり、粉砂糖がかけられたようになっていた。街の端をぐるりと囲む山々の裾野も、木々が白く染まっている。

少し前から白くなっている山が見えてはいたけど、通ってきた道は濡れてるだけで積もってなかったからな。

単にさっきまで降っていた雨で濡れているのかと思ったけど……。雪のことは聞いてなかったから、まさか街にも雪が積もっているとは思わなかった。

「このくらいからは降雪も本格的になっていってね。雪が深くなっていくと思うよ」

モクルさんが少し鼻を赤くしながら教えてくれる。

「もっと降るんですかっ？　じゃあ、雪遊びとかも……」

「ははっ、いいね。僕も参加したいけど、こんなおじさんも一緒にいいかな？」

「もちろんですよ。ぜひぜひ！」

そうか。もっと雪が降り出すというなら、その前の良いタイミングで来られたのかもしれない。

積雪は大変なこともあるだろうけど、楽しみも増えるなぁ。

スキーとかも子供の頃はよく行っていたんだけど社会人になってからはさっぱりだったし。挑戦できないだろうか？

真っ白な息を吐きながら僕が興奮していると、リリーが何かに気がついたように御者台に座るカトラさんに声をかけた。

「雪が降ったら、馬車、大丈夫？」

「あー、それは……ね？　サムさん」

カトラさんはこの時季のダンジョール事情について知っているのか、確認をとるようにサムさんと目を合わせる。

「ああ。それに関しては心配しないでも大丈夫だぞ」

サムさんが、そのまま説明してくれるようだ。

「街の中の主要な道と、都市外に繋（つな）がっている街道については馬車の行き交いを止めるわけにもいかないからな。交通量が多いから雪が降ってもすぐに固まるんだ」

「宿から馬車を出すときは苦労するみたいだけどね」

横からジャスミンさんが付け加える。

「そう、ならよかった」

この街をホームとしている彼らから聞き、リリーは安心したように、ふむと頷く。

僕なんて雪にテンションが上がって馬車のことに頭が回らなかったのに。冷静というか、やっぱり大人びているというか。

リリーが凄いのでちょっと情けなくなってしまっていると、不意に頭上から白い物が落ちてきた。

『あっ』

何人かの声が重なる。

みんなが一斉に空を見上げると、さっきまでと同じ重たい雲から、ひらひらと無数の細雪(ささめゆき)が降ってきていた。

雨とは違って、スローモーションみたいに。ゆっくりと、風に流されながら落ちてくる。

「……雪って、なんだかいいわね」

多分、独り言だったんだろう。カトラさんがポツリと漏(も)らした言葉だったけど、僕も同じ気持ちだった。

テレビなんかがない世界。雪が降らない場所に住んでいるカトラさんやリリーにとっては、きっと雪は距離が遠くて、一層神秘的に映っているのかもしれない。彼女たちはしばらくの間、上を向いたままだった。

妹や娘を見るみたいに二人に優しく微笑みかけたジャスミンさんが、一歩前に出て振り返る。

「ようこそダンジョールへ。じゃ、宿に行きましょっか」

その言葉に導かれるように、僕たちは坂を下り、雪の街に入っていく。

神の使いでのんびり異世界旅行
～最強の体でスローライフ。魔法を楽しんで自由に生きていく！～

第二章

迷宮都市・ダンジョール

街の入り口には小屋があって男性が一人立っていた。しかしギルド章の提示などは必要ないようだ。単に怪しい人物がいないか見張っているだけらしい。

「ここは冒険者が集う街じゃからの。馬鹿(ばか)な奴(やつ)がおらんとは言わんが、力ある者たちがわんさかおってそう簡単に悪さもできん。まあ、そういうのは他の街でやっとれ、ちゅうわけじゃな」

話を訊くと、ゴーヴァルさんがそう教えてくれた。

同じ公国内でもネメシリアとはかなり違うんだな。

そういえば三日前くらいにカトラさんと話していた時も、ダンジョールでは公国貨幣しか使えないって聞いたのだった。冒険者ギルドなんかでも、いろんな場所からやってきた人のために様々な通貨と交換できる窓口があるって。

やっぱりダンジョンがあるということもあって公国もこの街を重要視しているのだろう。何かと力は入れているみたいだ。ある種の特区のような扱いなのかな？

さっきの高台から見た感じだと街は相当広い。まだ人出が多い夕方頃とはいえ、サムさんたちの先導で進む街の外れはほとんど人とすれ違わない。

全体的に平坦(へいたん)な道が続く。優しく降る雪の中をしばらく行くと、なだらかな坂に入った。

紹介してくれるという宿屋へは、そこからすぐに着いた。

「ここが俺たちが世話になっている『雪妖精のかまくら』だ」

敷地内に入りながらサムさんが言う。

棚田のように段々になった区画。ここまで来る道中で見た家々は全てレンガ造りだった。この宿屋もそれは同じで、二階建てで奥に伸びるような形で建っている。

手前にある扉の上には、可愛らしい妖精とかまくらが描かれた看板。左手に奥へ続く道があって、馬車置き場が見えた。

カトラさんは一度宿の前で馬車を止めてから、雰囲気を確かめるように宿を見上げた。

「静かで良い場所にあるわね。なんだか高空亭みたい」

「……高空亭って？」

近くにいたジャスミンさんが首を傾げるのを見て、サムさんが説明する。

「カトラの父親のグランがやってる宿屋だ」

「えー!?　『伐採』って今は宿をやってるの？　聞いてないよっ」

「まあ聞かれてないからな。だけど、たしかに言われてみると」

顎に手を当てて続ける。

「グランのやつの宿と、立地的な意味合いでは似てるかもしれないな。どうだ、静かで落ち着くだろ？」

「ええ。トウヤ君もフストではうちに泊まっていたのよ。リリーちゃんもよく遊びに来てくれていたし」

「おっ、そうか。だったら三人とも気に入ってもらえること間違いなしだと思うぞ」

「グランの料理の腕もメキメキ上がっていて驚いたけど、それに劣らないくらいここも美味しいからね」

モクルさんのそんな言葉を聞きながら、僕たちは中を覗いてみることにした。

代表して一緒にサムさんがついてきてくれる。前に止めている馬車は残りの三人が見ていてくれることになった。

石を積んだ段差を二つ上って、サムさんが木製の扉を開ける。寒い地域だからだろう。扉が分厚い。リンっとなる鈴の音も、どこか高空亭を思い出させる。

「まあっ、素敵ね……！」

入ってすぐにカトラさんが両手を合わせた。振り返って見てくる目が輝いている。

これはもう、カトラさんはここが気に入ったみたいだ。

「これまでの宿とはまた雰囲気が違いますね」

「……たしかに」

僕も左から右に視線を動かしながら返事をすると、隣でリリーも同意見だと続いた。

最初の印象としては、あまり宿っぽくない。いや、どちらかというと民宿っていうのかな？　個人宅のような雰囲気で、ラグが敷かれていたりソファーなどが置かれている。

屋内は深い茶色の木が基調とされている。天井には同じ色の木の梁が露出していて、窮屈さは感じないけどどこかこぢんまりとした感じだ。

もちろん食堂だと思う机が並んだ一角にはカウンター席があったりと、設備は整えられているから宿には違いないのだけど。広々としたり、整然としている訳ではないということだ。

「でも、暖かくていい」

「そうだね」

リリーが続けた言葉に、今度は僕が頷く番だった。

外が寒くて鼻や耳が冷たくなっていたから、室内の暖かさが心地良い。体の表面からじんわりと温まっていく。

「あそこに暖炉があるからな。それぞれの部屋や厩舎にも、熱水が通った金属管が通っているから寒さの心配はいらないだろう」

サムさんが指した食堂エリアの奥の方には、橙色の光を漏らす暖炉があった。ガラスの向こうで、くべられた薪が赤々と燃えている。

本当に宿の名前の通り妖精が作ったかまくらにでもいる気分になるな。ほんのり暗い室内を暖炉や照明の温かな光が照らしている。

呼び鈴が聞こえたみたいだ。奥からお婆さんが出てきた。

「いらっしゃ……まあサムさんじゃないかい。もうお帰りになったのかい？」

「ただいま。今回は思ったよりも早く片付いてな」

にこやかに微笑むお婆さんに、サムさんが軽く手で応える。

「それはよかった。それで……そちらの方々は？」

「ああ、俺の知人でね。道中で久々に再会してここを紹介したんだが、部屋は空いてるだろうか」

「三人一部屋で良いなら空いてますよ。個室は商人の方の一行が来られてね。ごめんなさいね」

「そうか……」

サムさんが僕たちに目を向ける。

「と、いうことらしいんだが、どうだろうか？　料金表はここに」

トンと指で叩(たた)かれた横の壁に、料金表が書かれた木板がかけられている。

朝晩食事付きの料金を全員が確認すると、カトラさんはリリーと僕の表情をちらりと見た。三人とも前向きな表情だ。

「では、三人部屋でお願いします。馬車が一台あるので、その料金も一緒に」

途中の街で交換したので持っているが、手持ちの公国貨幣はあまり多くない。カトラさんはひとまず、三泊分と馬車代を出すことにしたようだ。

引き続きお世話になると決めたら、あとはギルドでの貨幣の交換を済ませてから支払うことになるだろう。

「はい、ではちょうど。こちらが部屋の鍵(かぎ)になります」

お婆さんから鍵を受け取り、諸々(もろもろ)の説明を聞く。

「馬車は裏手の好きな場所に止めていいですからね。お馬さんも厩舎の中でなら快適に過ごせるはずです。そちらにどうぞ」

全て(すべ)の説明を終えると、お婆さんは奥に向かって声をかけた。

「お父さ〜ん、サムさんたちがお帰りになりましたよ」

少しして、細身のお爺(じい)さんが顔を覗かせる。

「おおう、おけぇり」

「ただいま」

真顔で一つ手を挙げるとひっこんでしまったが、サムさんもぺこりと会釈している。

「ふふっ。また、照れちゃってごめんなさいね」

お婆さんが謝りながらも微笑むと、サムさんも「わかっている」といったふうに優しく笑っていた。


一度外に出る。まだパラパラと降り続けている雪。少しの間とはいえ暖かい場所にいたから、さっきまでよりも寒く感じるな。つい体に力が入ってしまう。

この宿に決めたと伝えるとモクルさんたちは喜んでくれた。

「やった！」

中でもジャスミンさんはガッツポーズまでして喜びを表現してくれた。ゴールを決めたサッカー選手のパフォーマンスみたいだ。

「これで、いつでも魔法を教えてあげられちゃうね。みんなにだったら包み隠さず私の知識を与えちゃうよ、信頼できそうだし。……あっ、も、もちろん都合がいい時に気になったら聞いて！　ウザくならないように気をつけるからっ」

馬車を裏手に移動させる間、スキップで並走しながらそう言ってくれる。

「すまんの。儂(わし)らには魔法の話ができんから、魔法使いの友人ができて興奮しているようじゃ」

と、ゴーヴァルさん。

「ちょ、ちょっと！」

「ははっ。楽しくなりそうで良かったの」

気恥ずかしそうにしながら、ジャスミンさんはゴーヴァルさんをジト目で睨(にら)んでいる。

「面倒くさいとか、全然そんなこと気にしないでください」

カトラさんが止めた馬車の横で、僕が手を振るとジャスミンさんの顔が明るくなった。

「本当……っ⁉」

「はい。僕も魔法をはじめとしたいろんなことをダンジョンがあるこの街で学びたいと思っていましたから。リリーも魔法の勉強は、せっかくだししたいよね？」

「うん、魔法は気になる。フストに帰ったあと、魔法学校に入る予定だから」

無力化したレイを抱いてくれているリリーが、いつものように真顔のままこくりと頷く。

対照的に表情が豊かなジャスミンさんは、さらにパァっと目を輝かせ笑った。

「わかったよ。じゃあ本当になんでも聞いてね、私が答えられることならなんでも答えるからっ。嬉(うれ)しいな、みんなも魔法が好きで」

「あ、私も仲間はずれにしないでくださいね」

ユードリッドを荷台から外し終えたカトラさんが、離れた場所から声をかけてくる。除け者にしないでと、わざとらしく少しむくれている。

「もちろん、当ったり前でしょ！」

サムズアップを送るジャスミンさんの笑顔が眩しい。

ゴーヴァルさんがさっき、ジャスミンさんは「魔法使いの『友達』」ができて嬉しいのだと言ってくれていた。

そのことを否定はせず、ただ気恥ずかしそうにしていた彼女を見て僕は嬉しくなっていたらしい。まだ出会ったばかりだけど、ジャスミンさんを筆頭に『飛竜』のみなさんとダンジョールでの毎日を共にできると思うと、自然とこちらまで笑みがこぼれた。

「この厩舎だとユードリッドもくつろげそうね」

腰に手を当てたカトラさんは目の前にあるスペースを見ている。厩舎には他にも馬がすでに三頭いたが、幅も広くそれぞれが離れて過ごせそうだ。

「ですね。屋根なんかの造りもしっかりしていて、これから雪が本格的になっても安心です。説明していただいた通りほんのり暖かいですし」

屋内と比べると、もちろん寒いのは寒い。ただここは足元がほんのりと暖かった。

この地面の下にも、言っていた熱水を循環させる魔道具が埋められているのかな。気温も十度近くはありそうだ。

ここまでの長い移動で、ユードリッドには頑張ってもらった。馬だから寒さには強いはずだけど、なるべく快適な環境で休ませてあげたい。

「お疲れさま、ユードリッド」

「本当に助かったわ。頑張ってくれたおかげで、ここまで順調に来られたのだから。さすがジャックさんに大切に育てられてた子ね」

僕とカトラさんが優しく撫でると、ユードリッドは気持ちよさそうに筋肉質の体を動かした。

「……おつかれ」

リリーもそう言って微笑みかけている。

そうだ。水と食事を置いてから行きたいところだけど、サムさんたちの前でアイテムボックスを使ってもいいものだろうか。

うーん……。

悩みつつ、水は厩舎の端に水瓶が置かれていたので、それを同じく用意されていた桶に移して対応する。

エサは、他の馬の近くに袋に入ったものがあった。だけど多分、これはこの馬たちの所有者の物だろう。勝手に拝借するわけにはいかない。

まぁ、また後で戻ってきてアイテムボックスから出してあげればいいか。

カトラさんと目があったので、そんなふうに決めて歩き出す。念の為、心の中でユードリッドには「すぐに戻ってくるから、ごめん」と言い訳をしておいた。

厩舎を出て宿の入り口に戻っていると、

「そうだ。オリジナルの魔法は今度教えるとして、エルフに伝わる魔法にまつわる英雄譚の本を持ってるんだけど気にならない？」

ジャスミンさんが不意に訊いてきた。

「英雄譚、ですか？」

「うん。昔の魔法についての記述もあって面白いよ。ちょっとは勉強にもなるだろうし」

「あ、じゃあ……いいですか？　大切に扱うので」

「ははっ、別に雑に扱っても大丈夫だよ。かなり古びちゃってるから。……えーっと。あ、これこれ」

魔法にまつわる英雄譚。それもエルフに伝わる物となると、どんな話なのかと興味が湧かないわけがない。

僕がお願いすると、彼女は嬉しそうにしながら本を取り出した。

「えっ」

「はい……って、どうかしたトウヤ？」

ジャスミンさんは本を差し出してくれたけど、僕は彼女の行動に驚いて思わず足を止めてしまった。先頭を進んでいたから、後ろにいたカトラさんやサムさんたちも止まる形になる。

「あの……」

確認したいことはシンプルだ。でも、なかなか続く言葉が出ずにいると、隣にいたリリーが先に口を開いた。

「ジャスミン、アイテムボックスもってる？」

「ん？　ああ、そうだよ」

ジャスミンさんは今、何もないところから本を出現させたのだ。それは、僕がアイテムボックスを使う時と同じような光景だった。

それにしても、リリーの質問に至って普通に答えてるけど。包み隠したりはしないんだな。

「私のは中くらいの容量だけどね。いくつかの私物とお金、冒険に必須のアイテムを入れたら一杯なんだ」

「おかげで野営用の道具で嵩張ることもないし、かなり助かっているよ」

ジャスミンさんの後ろから、モクルさんがそう言う。

「……Sランクだから、隠す必要がない」

困惑気味の僕に説明するように、リリーが呟く。

そうか。僕の場合は面倒に巻き込まれたりしないようにアイテムボックスのことを隠している。

でも実力を備えたSランク冒険者だったら隠す必要性がないのか。万が一面倒ごとが起きたとしても、実力行使でなんとでもなるんだろうし。

「その様子だと、トウヤがアイテムボックス持ちなのか？」

ん？

サムさんに尋ねられて、ドキリとする。な、なんで？

なんとか反応には出さずにはいられたけれど、心の内では一気に戸惑いが広がる。

「サム、困らせてはいかんぞ」

「そうだな。いや、すまない。そんなに警戒しないでくれ」

ゴーヴァルさんに言われ、サムさんは頭を掻きながら苦笑した。表情に出さなかったのに、結局僕の感情を見抜かれていたみたいだ。

これ以上無言でいるのはアイテムボックスを持っていると白状するのと同じようなものだろう。もう誤魔化せそうにもない。

カトラさんも信頼している方々で、僕としても印象は悪くないし。それに何しろメンバーにアイテムボックス持ちがすでにいるS級パーティだ。

「あの、なんでわかったんですか？」

だから打ち明けても危険に晒されたりはしないだろうと信じて、質問してみる。

「えっ。それはもちろんあれよ」

気がつかれてないとでも思ったの、とでも言うようにジャスミンさんが答えてくれる。

「だってみんなの馬車、長旅にしては明らかに積んでいる荷物が少なかったからね。カトラは帯剣してるけど、他に持ち物も見当たらないし」

「あー……そ、そういえば」

たしかに、僕たちの馬車の中を見たら一発で誰かがアイテムボックスを持っていると推測されても仕方がないかもしれない。

ダメだ。完全に注意が足りていなかったな。

僕が反省していると、カトラさんがホッと息を吐いた。

「ジャスミンさんたちには見られちゃっていたのね。でも良かったわ。他の理由で気がつかれてしまったわけじゃなくて。普段はなるべく馬車の中を全体的に見られないように気をつけていたのだけど、サムさんたちに会えて気が抜けてしまっていたわ」

彼女は僕を真っ直ぐと見る。

「ごめんなさいね、トウヤ君。この旅の間、二人のことは私が大人として守るって決めていたのだけど」

なんだ、今までカトラさんがそんなことまで気を配ってくれていたのか。

僕以上に僕のことを真剣に考えてくれていたらしい。自分の落ち度だと自身に落胆するカトラさんを前に、ふと言葉が口をついて出た。

「そんな顔しないでください。グランさんにも『守られるだけじゃなく、仲間として守り合えるように』って出発前に言われてますから。これは考えが及んでいなかった僕の責任ですし……それにほら、気付かれたのがサムさんたちで良かったじゃないですか。おかげで今後どうするかも考えられます」

カトラさんは僕のことを案じてくれていた。だというのに僕自身がアイテムボックスのことを結局は軽く考えてしまっていたのだ。

「グランも良いこと言うね」

モクルさんが僕とカトラさんの肩に手を置く。

「カトラちゃんも大人って言っても、まだまだ若いんだからさ。そんなに肩肘張らなくてもいいんじゃないかな？　出会ったばかりの僕が言うのもなんだけど、トウヤくんもしっかりしてるし」

「そうじゃな。儂らから見たら、嬢ちゃんも同じく大人とやらになるための道の途中よ」

「ねえってば！　儂らって、毎回一括りにしないでくれる⁉　ま、まあ、たしかにカトラくらいの年齢だったらエルフだとまだまだ子供だけどね？」

ゴーヴァルさんとジャスミンさんも続けて言うと、カトラさんは俯きかけていた顔を上げた。

「ありがとう」

明るい表情だ。

若い頃から山も谷も経験してきたからか、カトラさんには長々と悩んだりはしない強さがある。だけど、それに甘えてばかりいたらダメだ。

僕とリリーが十歳の子供だからと、つい一人で背負い込んでしまいがちな彼女をもっと気遣ってあげられるようにならないと。

「そろそろ中に入ろう。雪も強くなってきたみたいだ」

サムさんがみんなに声をかける。

いつの間にか、少しずつ降る雪の量が増えてきている。

「あ、じゃあ僕はユードリッドのエサを置いてから行きますね。アイテムボックスのこと隠そうと思ってたんですけど、もう大丈夫になったので。みなさんは先に中に入っていてください」

そう言って踵を返す前、ジャスミンさんが本を渡してくれた。

「それじゃあ今のうちに」

「ありがとうございます」

受け取ってアイテムボックスに収納する。目が合うと、さっきまで隠していたのにと可笑しくなって互いに目尻が下がった。

厩舎に戻り、ユードリッドの食事を用意して宿に駆け足で向かう。さっき僕たちがいた場所で、レイを連れたリリーが待ってくれていた。

「あれ、待ってくれてたんだ」

「うん。レイもいるから」

「ありがとう。ごめんね、寒いのに。じゃあ入ろっか」

ぐいっと抱えていたレイを差し出されたので、受け取って僕の肩に乗せる。

「……トウヤもジャスミンみたいに強くなれば、カトラちゃんも心配しなくなるはず」

宿の扉を開ける前、リリーが振り返って言った。

「だから、一緒にがんばろ。わたしの心配もされないように強くなるから。ダンジョンで、レベル上げて」

リリーもカトラさんが思ってくれていることを考えて、僕と同じように心に決めていたのかな。

しっかりと頷いて、僕は扉を開けたリリーに続いた。

「うん、一緒に頑張ろう」

奥にある階段の前で、みんなは待ってくれていた。

すでに部屋の鍵はカトラさんが受け取ってくれている。僕たちはギーギーと軋む階段を上って、二階で一度別れることになった。

「俺たちの部屋はこっちの端から四つ、それぞれ一部屋ずつ使っている。何かあったら呼びにきてくれ。あと少しで夕食の時間だが……俺がカトラたちの部屋に声をかけて行って一緒に食べるのはどうだろうか？」

サムさんたちの部屋は廊下を右手に進んだ先にあるらしい。

彼がしてくれた夕食の提案をお受けしてから、僕たちは自分の部屋がある左手に進んだ。

幅一メートルほどの廊下には小さめの窓が広い間隔で並んでいる。薄暗くて冷たい光が差し込む廊下は、壁に設置されたランタンが優しく照らしていた。床にはふかふかの絨毯が敷かれている。

木目が目立つ壁や扉に沿って進むと、突き当たりにある部屋に到着した。

「ここね」

カトラさんが扉につけられた番号と鍵を見比べる。

そして鍵を差し込み、扉を開けてくれた。

「これは……」

彼女がそう言っている間に、リリーと僕の肩から飛び降りたレイが横を縫って駆け込んでいく。

「また素敵な部屋ね。角部屋だし、広々としていてのんびりできそう」

「かなり豪華ですね、そこまで高くなかったのに……」

カトラさんが先に僕を入れてくれたので、部屋をぐるりと見回しながら感想を口にする。

本当にいい部屋だ。いくつかの絨毯が重なりつつ床の大半を覆（おお）い、リリーが今深く沈んでいる厚いソファーには触り心地の良さそうなクッションがたくさんある。一部斜めになった天井の下に、巨大なベッドが置かれている。

「こんなに大きなベッド、初めて見たわ！　まるで王族が使う物みたい」

興奮気味にカトラさんが近づいていく。

ワイドキングサイズって言うんだったっけな？　三人が並んでもかなり余裕がありそうなベッドだ。

馬車の荷台が二つあるくらいの広さなので、一段高くなった生活スペースに思えてしまうくらいのサイズだ。そこにこれまた暖かそうな毛布などの掛け布団がある。

「寒くなくて、さいこー」

リリーがむふんっ、と満足げに発した言葉に僕も続く。

「外で雪が降ってるなんて信じられないなぁ。説明通り部屋は暖かいから、窓辺に寄ったりしなければ薄着でも問題なさそうだね」

扉と反対側にある窓からは、ダンジョールの北側の街が見える。近づいたら足元へとひんやりとした空気が流れてきていて肌寒いけど、ベッドやソファーにいたら問題はない。

少し長めのカーテンも寒さを遮（さえぎ）るためなのかな。夜になったら閉めればいいだろう。

そもそも建物が断熱性の高いレンガを主に建てられているのも、この地の気候ゆえなんだと思う。

日が隠れ出し、窓の外で暗くなり始めたダンジョールの街に見える建物は、やっぱり全て同じくレンガ造りだった。

強くなった雪が、次々と風に流されながら落ちていく。

角度をつけて右の方を覗くと、人の往来が多い中心部が見えた。街頭にも、優しい光が灯り始めている。

「暖かい部屋の中から雪を見るのもいいわねぇ。白くなった山も、こんなに近くで見られるだなんて……」

全員が上着やらを脱ぎ、長旅の疲れを感じながらぼうっとしていると、カトラさんが小さく欠伸をしてから言った。

「私は二度目だけど、この景色がずっと忘れられなかったから。こうしてまた来られて良かったわ。どう？　トウヤ君とリリーちゃんは、この街の印象」

「早速ですけど僕は気に入りましたよ。まだまだ街の中心部もダンジョンも行ってないですけど、雪のある景色はそれだけで特別で、綺麗でわくわくしますね」

「わたしも、嫌いじゃない。宿も静かな場所にあっていい。……でも寒いのはびっくりするから、あたたかい服、買わないと」

「ふふっ、そうね。明日にでもお店に行ってみることにして、ダンジョンへはその後にまずは覗きに行ってみる感じにしましょうか。ノルーシャさんにもお会いしたいから、今後の予定を立てつつ探して……」

「……そうだ。ノルーシャ」

カトラさんに言われて思い出したのだろう。今ハッと思い出したといった感じでリリーがゆっくりと顔を上げる。というか、そもそも忘れていたんだ……。

ノルーシャさんは港町ネメシリアで出会った、ジャックさんたちが営む商会グループの一つ、クーシーズ商会のトップを担っているキャリアウーマンだ。

ジャックさんの冷凍による食品流通網の拡大案。その実現に向け、ここダンジョールにいる魔道具の職人さんたちと取引をするため、僕たちに先立ってこの街へ到着しているはずだ。

「まさか、リリーちゃんったら忘れてたんじゃないわよね？」

「…………黙秘」

そう言って目を逸らすリリーに、僕とカトラさんは思わず吹き出してしまう。

「まっ、まあとりあえず」

ベッドの端に腰を下ろすカトラさんが、両手を合わせる。

「ひとまずはそんな感じでいきましょうか。何にせよ、二人もダンジョールを気に入ったみたいだから、これから目一杯楽しみましょう。以前に短い間だけ滞在していた私でも案内したい場所がたくさんあるくらいだから、じっくりと時間をかけてね」

「はい。ダンジョンだけじゃなく、せっかくなので観光も楽しみたいですもんね」

あと、僕としてはレンティア様への貢物を集めるミッションもある。他にもすぐに思いつくことだけでもしておきたいことは山盛りだ。

「あ、そうだリリー。到着したし、ジャックさんたちにマジックブックで報告しておいたら？」

僕が提案すると、カトラさんも「そうね」と頷く。

「元々報告する日ではないけれど、今日くらいはしておきましょう。なるべく早く伝えてあげられたら、ジャックさんとメアリさんも安心なさると思うわ」

「わかった。じゃあ今から、書いておく」

リリーは膝（ひざ）の上にいたレイを横に下ろすと、座っていたソファーから立ち上がってこちらに来る。

魔道具であるマジックブックは貴重品だ。移動中は僕のアイテムボックスに入れている。だから、取り出して……。

「はい」

「ん、ありがと」

渡してあげると、リリーはそう言って絨毯の上に座り込んだ。ソファーの前にある低めの机を使うみたいだ。

窓の外は思ったよりも早く暗くなってしまった。山々に囲まれてる地形だから、日の光が入ってくる時間が短いのかもしれない。まだ夕方くらいだと思うんだけどなぁ。

リリーが動かし始めたペンの音を聞きながら、僕たちはぼうっとし始める。

今は夜ご飯の時間になって、サムさんたちが呼びにきてくれるのを待つことになった。

…………。

コンコンコンッと扉が叩かれる音で、目が覚めた。

「トウヤ、食堂に行くって」

目の前に立っているリリーが顔を覗き込んできている。

「あれ、僕寝てた……?」

「うん。少しの間だけど」

「……そっか、いつの間に。ありがとう、わかった」

気付かないうちにソファーで眠ってしまっていたらしい。自分で思っていたよりもダンジョールに着いて、ずいぶんと気が抜けて疲れが押し寄せてきていたのかな。

起きた今も自分が寝ていたと信じられないくらい綺麗に寝落ちしていた。

さっき聞こえた扉を叩く音はサムさんだったようだ。カトラさんが扉を開け、防具などの装備を脱いでこちらも薄着になったサムさんと話している。

「モクルたちは先に食堂へ行って待ってる。七人分ともなるとかなりの量だからな、ここはダイン爺が一人で作るから時間がかかるんだ。順番に注文を済ませてるはずだ」

「じゃあ……トウヤ君も起きたところだし、私たちも行きましょうか。あまり待たせちゃ悪いからね」

こちらを向いたカトラさんに「すみません……」と軽く返事をしつつ、僕も立ち上がって廊下に出る。

レイは絨毯の上で仰向(あおむ)けになって寝ていたので帰ってきてからご飯をあげることにした。

警戒心ゼロの姿で寝ていたけど、フェンリルとしてはあれでいいんだろうか？　一応、神に近い神聖な存在のはずなんだけどな……。

「そうだ。マジックブックの返事、来た？」

話しているカトラさんとサムさんの後ろを、僕とリリーがついていく。

ジャックさんたちがどんな様子だったか気になって訊いてみたけど、リリーは首を横に振った。

「まだ来てない」

「あ、そうなんだ。まあ、予定とは違う日だしね。いつもとは時間帯も違うし」

「うん、でもたぶん今日中に返事はあるはず。パパのことだから、毎日チェックしてるって本当のことだと思う」

「たしかに」

ジャックさんたちがフストに戻ったという報告があった日のことだ。メアリさんから「ネメシリアでリリーと別れてからジャックが毎日マジックブックを確認している」とメッセージがあったのだ。

リリーの言う通りだろうな。思わず口角が上がるのを感じながら頷く。

階段を下りると、奥に暖炉がある食堂でモクルさんたちがテーブル席について待っていた。

「あっ、来た！」

ジャスミンさんが手招きして「こっちこっち」と僕たちを呼ぶ。

当然だけどみんな武器も持っていないしラフな格好だから、どこにでもいる一般人に見える。最初にこっちの姿で出会っていたら、Sランク冒険者だと知った時すんなりと信じられなかったかもしれないなぁ。

「お待たせしました」

眠っていたこともあり、そう言いながらテーブルに向かう。四人掛けのテーブルが二つ並んでいるので、僕とリリー、カトラさんは空いている方に座ることにした。

サムさんが奥の席に回ろうとしていると、

「やあ、サム。おかえり」

他に唯一食堂にいた男性客が、カウンター席から身を捻って顔をこっちに向けた。

「思ったよりも早く帰ってきたじゃないか。僕としてはもう少し、この宿を一人で広々と使いたかったんだけどね」

「なんだ、ローレンス。お前の方こそまだいたのか」

ツヤのある金髪を掻き上げおでこを出した髪型の彼は、ローレンスさんというらしい。シンプルな薄手ながら一目で質が良いとわかる服を着ている。隠しきれない育ちの良さが漂っている……気がする。

椅子に座ったサムさんとは軽口を叩き合う間柄のようだ。互いにニヤリと笑うと、サムさんが言った。

「ただいま。でも俺たちがいない間に、他の宿泊客も来たんだろ？」

「まあね。ただ僕とは違ってお忙しい方々のようで、いつも朝から夜遅くまで街に出ているんだ。

おかげで食後はここで紅茶でも飲みながら、ゆっくりと読書したりできたんだけどなぁ」

「儂らがいると酒を呑まんといかんくなるからの」

すでに片手に持っていた木製のジョッキを、ゴーヴァルさんが掲げる。

その時、厨房からダイン爺と呼ばれている宿の主人が出てきて、ローレンスさんの前に同じジョッキを置いた。

「ありがとうございます。もちろん、そうだとも」

感謝を伝えて受け取ると、ローレンスさんも控えめながら掲げて微笑む。

「詳しくは知らないけど本当に羨ましいよねっ。サムが来るまで話してたんだけど、ローレンス、まだ休暇を続けるんだって」

ジャスミンさんが言うと、ローレンスさんは肩をすくめて見せた。

「まあ、それでもあと二ヶ月くらいが限度だろうけどね。僕だって、一生自分の街に帰らないわけにはいかないさ。……と、そちらは今日から宿に仲間入りしたサムたちの知人だったね。僕はローレンスだ、よろしく」

僕たちに挨拶をしてくれたので、こちらも自己紹介をしておく。続けてモクルさんが僕たちが冒険者で旅をしてることなどを、本当に軽く伝えてくれた。

その間にテーブルは別だけど隣の壁際の席にいるジャスミンさんが、ローレンスさんのことを教えてくれる。

「外の街から来てのーんびりと毎日を過ごしていてね。いろいろと歩き回ったりしてるみたい。まあ悪い人じゃないから仲良くなれると思うよ」

「そうですね。今の一瞬だけでも、優しい方だって伝わりました」

肩の力が抜けていると言うのかな。変に自分自身を偽っていない気がする。それこそ子供の姿の僕に対しても、この場にいる誰にだって一人の人間として向かい合っているような。

この世界でまとまった休暇を取れて長い間宿に泊まり続けられるってことは、ジャックさんのようなお金持ちなんだろう。

「はーい、お待たせ。こっちの席とそっちの席、一皿ずつでいいかい？」

そうこうしていると、厨房からダイン爺と手分けして女将さんが料理を運んできてくれた。女将さんはみんなから「ムル婆」とか「お母さん」と呼ばれている。

僕たちのテーブルにも料理が並べられるので驚いていると、モクルさんが言った。

「先に注文しておいたんだけど、良かったかな？　今日くらいは再会を祝して、僕らに奢らせてもらえると嬉しいんだけど……」

「まあ、いいの？」

カトラさんは嬉しそうだ。

「うん。僕たちがここの料理を進めたんだからね。今日はたくさん頼んだから好きなだけ食べて。もちろん『こっち』の方もね」

モクルさんがジョッキをグイッと呷るジェスチャーをする。

「ありがとう、嬉しいわ！」

お酒好きのカトラさんは待っていましたとばかりに喜んでいる。

移動中は呑むのを我慢してるみたいだったからなぁ。ダンジョールに辿り着いてお酒が呑めるのを心待ちにしていたのかもしれない。

「この街はエールの他に蜂蜜酒も人気でね。トウヤくんとリリーちゃんには蜂蜜サイダーを……あ、ちょうどきた」

モクルさんが話している間に、料理とあわせて大きなジョッキが運ばれてきた。

「お酒が呑めない僕の分と一緒に頼んでおいたから、ぜひ飲んでみて。蜂蜜を魔道具で作られた炭酸水で割って、甘酸っぱい柑橘を絞ってるんだ。他の店にもあるけど、ここのが一番だよ」

「へぇー！　美味しそうですね、ありがとうございます！」

ジョッキの中を覗いてみると、薄らと黄色がかったサイダーがシュワシュワと弾けていた。

テーブルに置かれていく料理は、鳥をジャガイモや芽キャベツとオーブン焼きにしローズマリー風のハーブを載せたものや、クリームシチューが入ったポットパイなど豪華だ。

「それでは、乾杯！」

料理が揃い、サムさんの合図で全員がジョッキを合わせる。楽しそうに勢いよくジョッキをぶつける姿に、みんな冒険者なんだなぁと今更ながら当たり前のことを思う。

蜂蜜サイダーは甘いけれど後を引くようなクドさがなく、この暖かい食堂でもさっぱりと飲むことができた。

料理もたしかにグランさんの料理に負けず劣らず、クオリティが高くかなり美味しい。

暖かい空間でみんなで食事を共にしていると、一層ぽかぽかと幸せを感じた。

ローレンスさんも加わり、話は盛り上がっていく。宿の主人であるダインさんやムルさんも含め、この宿に泊まるみんなは距離感が近くて、どこか家族のような印象だ。

暗くなった外に降る雪を、窓から漏れ出した暖かな光が照らす。

食事会は、お腹いっぱいになるまで続いた。


夜ご飯を食べ終えて部屋に帰ってくると、酔っ払ったカトラさんがベッドに倒れ込んで眠ってしまった。

やれやれ、と言いたげなリリーと顔を見合わせる。

まあカトラさんのことだから少ししたらスッと起き上がってシャワーを浴びて、しっかりと着替えてからまた眠りにつくはずだ。だから彼女のことはそっとしておくことにして……。

駆け寄ってきたレイに僕は屈みながら謝罪した。

「遅くなってごめん。代わりと言ってはなんだけど、今日はデザートに果物もつけるからさ」

食事会が楽しくて、思っていたよりも戻るのが遅くなってしまった。もう長い付き合いだから微妙にレイの機嫌が悪いのがわかる。

「だからほら、そう怒らないでよ」

アイテムボックスから取り出したレイ用の皿に、焼きたて状態のカットステーキを載せる。続けて出した果物を手に持って見せると、ツンとしていた表情が心なしか柔らかくなった。

良かった。

許してくれたみたいだ。

レイが食事する姿を見ていると、リリーが自分の荷物を置いている方に行ってポケットから鍵を取り出し、それを使って箱を開いた。中からマジックブックを取ってくると、ソファーに座る。

「あ。トウヤ、パパたちから返事きてた」

「おー本当だ！　僕も見ていいの？」

「うん、ほら」

中を開いて見せてくれているので尋ねると、彼女は本をそのまま前にある机に置いた。

僕もソファーの隣に座り、読ませてもらうことにする。

リリーが迷宮都市ダンジョールに着いたことを報告した文章の下に、ジャックさんたちのメッセージが増えている。

まとめると無事を喜び、街を楽しんでといったことが書かれている。大体はいつもの定期報告と同じ感じだ。当然ジャックさんの親バカ具合も。

しかし最後に、今まではなかった頼み事が添えられていた。

「『ノルーシャの状況を知ることができたら、この本で報告してほしい』って書いてあるね」

「うん。探さないと、しっかり……また忘れないうちに」

「あっ。やっぱり忘れちゃって——」

「このマジックブック、パパたちのお仕事にも使えるタイミングだから。ついでにわたしが連絡係になるってことだと思う。だから、トウヤもノルーシャ探すの手伝って」

ノルーシャさんのことを忘れていたと白状してしまったので、僕が触れようとするとリリーは「やばっ」といった様子で目を逸らした。真顔のままだけど、普段よりも少しだけ早口でお願いされる。

「もちろん、それはいいけど……。この街も結構広いし、なるべく早く見つけられるよう積極的に探さないとね。明日はダンジョンにも行くし、明後日から時間を見つけて探しに出ないと。道中でばったり会えたりしたら楽なんだけどね」

ステーキを食べ終えたレイに果物をあげながら言うと、リリーはこくりと頷いた。

この世界では離れた土地に一瞬でメッセージを送る技術が一般的でないようだからなぁ。この希少なマジックブックで、ノルーシャさんの仕事の状況をいち早く知って指示を出したいジャックさんの気持ちもわかる。

僕たちがダンジョールを訪れる時に合わせてノルーシャさんを送り出したのも、その狙いがあったんだろうか？

僕とリリーはしばらく話し、それからそれぞれ順番に下の階にあるシャワールームに行って体を洗ってきた。

僕が部屋に戻った頃に予想通りカトラさんが目を覚ましたので、シャワーに送り出す。

一時間くらい後。

三人ともパジャマに着替え終え、僕たちはふかふかなベッドに深く身を沈めながら眠ることにした。

雪が降っているからだろう。音が遮断され、宿の外からは何も聞こえない。暖かくて、静かで、布団も気持ちがいい。

「おやすみ」

そう言い合って、カトラさんが灯りを消してくれる。

僕は布団に潜り込んできたレイを横に目を閉じた。

食事の前に少し寝ただけでは疲れは取れていなかったらしい。枕に体を預けると、すぐに夢の世界に入っていった。

◆

程よく温かい物が唇に当たる。つんつんと優しく当てられる。

……なんだろう、これ。

半ば自然に口を開き、食べてみる。程よい温かさでホクホクだ。一瞬パサついてるように感じたけど、しょっぱい液体が広がって潤う。

バターかな？　美味しい。

目を瞑ったままモグモグとゆっくり口を動かす。

うーん。

これ、じゃがバターだ。多分間違いない。

でもなんで食べてるんだろう。

まあ、いいか。

空腹感はなかったはずなのに、重さも感じず無限に食べられそうだし。

「うへへっ、幸せ……」

思ったことが、そのまま口から出る。

口に入っていた分を飲み込むと、また唇にじゃがバターが当たった。あと少し、あともう少しだけ食べ続け……って、あれ？

僕、さっき寝たはずじゃなかったっけ。

いや、うん。たしかにベッドで就寝した。

つまりここは夢の中。現実ではない。

にしても夜ご飯であんなに食べたのに、夢の中でまでご飯を食べてるなんて。他人に知られたら恥ずかしいな。……幸せだからいいけれど。

そんなことを考えながら口元にあるじゃがバターを食べる。

もうこれが夢だとは認識している。だけど瞼が重いから、仕方がないんだ。目が覚めるまで、この幸福を噛み締めよう。

「……ぷっ」

咀嚼しながらニヤニヤしてると、突然顔の前から異音が聞こえてきた。

なんだ？

疑問に思うが目を開けるのも面倒くさい。だからそのままじゃがバターを堪能していると、またしても同じ音がした。

「……ぷぷっ」

今度はさっきよりも大きい音だ。

僕は今横になっているから、顔の前ってことは上に何かがあるということだろう。

億劫（おっくう）だ。でも放置しておくのも怖い。二度も聞こえたのだから、流石（さすが）に気力を振り絞って目を開けよう。


「…………へ？」


そして、目と目が合った。僕の顔を覗き込んでいる人の顔が、視界いっぱいに広がる。

何が何だかわからなくて、間抜けな声が出てしまった。

脳の処理がようやく追いついてきて、目と鼻の先にいる人物が真っ赤な髪（か）を垂らしていること、褐色の肌にオレンジがかった瞳（ひとみ）をしていることを理解する。

「……って、うわぁああっ⁉」

体を起こしながら手を使って、僕は滑るように後退（あとずさ）った。

「れ、レンティア様っ？　え、ちょっと、なんで……っ？」

眉尻を下げ今にも噴き出しそうになっていた彼女は、移動した僕を見てもう限界とばかり笑い出す。

「あははは、最高のリアクションだね、アンタ！　なんだい、そんな間抜けな顔して。いーひひっ。ダメだ、涙出てきたよ」

「いやっ。えーっと……あれっ？」

レンティア様は目元に浮かんだ涙を指で払っている。

もう片方の手には、器に入った一口サイズのじゃがいもにバターを加えたものと箸。

「あ、それ！」

「ああ、アンタが前にくれたものだよ。本当に幸せそうに食べてたね。ニヤニヤしながら『うへへっ、幸せ……』って口に出しちゃってさ」

「き、聞いてたんですか⁉」

「そりゃもちろん。呼び出したら珍しく眠ったままここに来たから、からかってやろうと思ったんだがね。まさかアタシが食べてたじゃがバターを口元に出したら食べるとは。ははっ、アンタも可愛いとこあるじゃないか」

もう嫌だ……。

経緯はなんとなくわかったけど恥ずかしすぎる。単なる夢の中だと思って口に出してしまった一言を、すぐ目の前でレンティア様に聞かれていたなんて。あー耳が熱くなってきた。

レンティア様は一口じゃがバターを食べてから、この見慣れた真っ白な空間に椅子を出した。

今日は向かい合ってソファーが二つだ。同時に手からじゃがバターが消えている。

ちなみにこのホクホクで美味しい一品は、僕が二週間くらい前に立ち寄った街で買い、貢物として送ったものだ。

神様は保存期間が無限なのか、時々こうして以前に送ったものを食べている。

「まあそう顔を赤くしてないで。アンタも座りなよ」

「………はい」

寝転がってレンティア様に餌付けされているような絵面になっていたのか、などと羞恥心を覚えながらソファーに移動する。

「さあ本題に入ろう。ようやく、迷宮都市に到着したようだね」

口では話題を変えながらも、まだニヤニヤとからかってきてるし。

僕が頬(ほお)を掻いていると、レンティア様は脚を組んで続ける。

「やっぱり下界の移動は時間がかかる。でも、アンタの旅は見ていて楽しいよ。特に仕事終わりにボーッと見られてね」

「それ、褒めてます？　つまらないって意味じゃ……」

「褒めてるさ。楽しそうにのんびりと進んでいってるし、今日だってまた面白そうなヤツたちが集まってきたじゃないかい」

「今日は見守ってくださっていたんですか？」

「ああ。今日で迷宮都市に到着できそうだったからね。ネメステッドのヤツも今は呼んでないが、個人的に見ていたはずだよ」

お二方とも……。

初めは見られることに緊張もしていたけれど、今となっては心強さを覚えている。何しろ神様だ。きっとご加護があるはず。

「そうだったんですね、嬉しいです」

「ふふん。……ま、でだ。迷宮都市ではダンジョンに潜るんだろう?」

「はい。冒険者としての生活を楽しみながら、いろいろと学んで、見て、とにかく満喫したいと思います。それこそ今日出会えたジャスミンさんに魔法を教えてもらうのも楽しみですね」

「なるほど。その意気だったらアタシも退屈しないで済みそうだ。そこのダンジョンはアヴァロンのヤツが信仰を集めるために作ったものだからね。アタシの使徒であるアンタだったら、もしかすると色々と面白い経験ができるかもしれないね」

レンティア様はわくわくしているみたいだ。組んでいた腕から右手を出し、人差し指を立てて振る。

「期待してるよ」

「お、面白い経験ですか?」

「まあ、アタシだって実際にアンタが経験できるとは言い切れないけどね。とにかく、これについてはお楽しみだ。詳細を言ったりはしないよ」

思わせぶりなことを言っておいて、何も教えてはくれないのか。

「な、なんだいその目は。アタシはじゃがバターをアーンしてもらって『うへへっ、幸せ……』ってニヤけてるようなアンタを見て楽しんでるんだから、絶対に言わないよ」

「あ、ちょっと！　それはもう言わないでくださいよ……っ！」

「あははっ、また顔を真っ赤にして。可愛いじゃないか可愛いじゃないか」

くっ。

わざわざアーンされたとか言わないでもいいのに。お腹を抱えて笑われて、なおさら恥ずかしくなる。

僕が頭を抱えて悶絶(もんぜつ)していると、「……ハァ」と笑い疲れた様子のレンティア様が言った。

「十分に楽しめたし、今夜はここまでにしておくかね。トウヤ、新しい街に到着したんだ。楽しむんだよ」

最後と言った途端、いきなり女神様らしい慈悲深い微笑みを向けてくる。

まったく……。たまに見せるこのギャップに調子がおかしくなるんだ。

だけど以前よりも仲良くなれている気がして、使徒としてだけでなく一個人としても嬉しかったりするのは事実だった。女神様相手だから、本当に畏れ多い話ではあるのだけど。

「はい、楽しみます！」

「……ああ、いい返事だ。それじゃあ、またね」

レンティア様がパチンッと指を鳴らす。

どうか引き続き見守っていてください。そう思いながら僕の意識は遠くなっていき、次の瞬間、目を開けると昨夜から変わらないベッドの中だった。

カーテンの隙間から明るい光が差し込んでいる。朝みたいだ。

僕が起き上がろうとしていると、

『あ、言い忘れてたが昨日アンタが食べてたポットパイと蜂蜜サイダー、よろしく頼んだよ』

脳内にレンティア様の声が響いた。

言い忘れって……また軽いノリで。

まあ、了解です。今晩あたりにでもお送りします。

『おお、ありがとうね！　やっぱアンタ、できる使徒じゃないか。いやーアタシに見る目があって良かったよ。じゃ、今回こそ本当に。アタシは仕事を再開するよ』

きょ、今日も仕事の間だったんですか。頑張ってください。上機嫌だったから、珍しく休日なのかと思ってたんだけど。

なんとなく感じていた気配がなくなる。

多忙な女神様に貢物を送るミッションは、しっかりとこなそう。今があるのもレンティア様のおかげだからな。彼女には、僕の旅を一緒に楽しんでもらいたい。

第三章

いざ行かん！

隣でアゴあたりまで布団に潜り込んでいたリリーがなかなか目覚めなかったり、朝ご飯を食べた後にカトラさんがソファーでくつろぎだしたりして、今日の出発は遅くなった。

食堂にいる時、ちょうどギルドに昨日までの依頼の達成報告に行くというサムさんたちには会え、昼頃に冒険者ギルドで会おうということになった。

「トウヤとリリー、そしてレイは初めてのダンジョンだろ？　せっかくだ、俺たちも付き合うぞ」

昨日サムさんからこんな提案があり、お世話になることだけ決まっていたのだ。

諸々の準備を整え、のんびりと宿を出発する。

重ための扉を開けて外に出ると凍りそうになった。

「さ、寒いっ」

「うー……やっぱ帰ろう」

ずっと暖かい屋内にいたから、余計に寒さが際立つ。震える僕の隣でボソッと呟きながらUターンしようとしたリリーの肩を、カトラさんが押さえる。

「ほーら、行くわよ。まずはこの時季のダンジョールに適した服を買わないと。私たちずっと引き篭もってないとならないわよ？」

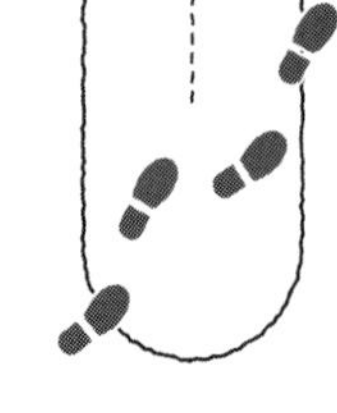

おかしいくらい全員喋(しゃべ)ると白い息が出る。

眩(まぶ)しそうに目を細めているリリーに、僕も声をかける。

「それにほら。この雪！　こんなに積もったんだから、街の方も見てみようよ」

視線を前に向ける。そこに広がっているのは、薄ら積雪していた昨日とは大きく変わった景色だった。

建物の色以外は一面の銀世界。しっかりと積もった雪が光を反射して眩しさを感じるくらいだ。

「起きて、カーテンを開けたら見えたから。暖かい部屋の中から見るほうがいい」

「り、リリー……」

「ま、まあほら。とにかく行きましょう。いつまでもこうしていたって寒いだけだわ。ユードリッドの世話をして出発よ」

カトラさんが半ば強引(ごういん)に僕とリリーの背中を押して前に進める。

たしかにリリーの言う通り、朝にカーテンを開けた時が一番びっくりしたけど。想像以上に雪が積もっていて、一気に世界が変わったみたいだった。

到着が一日でも遅れていたらあそこでサムさんたちとも出会えなかっただろうし、まだ雪の少ないダンジョールも見られなかったはずだ。

運に恵まれている。そんなことを思いながら裏手の厩舎(きゅうしゃ)に向かっていると、リリーが独りごちた。

「カトラちゃんも、やっぱり『寒いだけ』って言った」

「ははっ、本当だ」

つい笑ってしまう。

実際に景色は綺麗(きれい)だけど、寒さが好きな人は僕たちの中にはいないらしい。持ってきている外套(がいとう)や上着を着ていても、万全と言える状態ではない。

僕の肩の上にいるレイだけが、いつもと同じ様子で普通にしている。流石(さすが)フェンリル。色々と強い。

僕たちは寒さに耐えながらユードリッドに食事をあげ、体調を確認してから街に出ることにした。

この雪でも厩舎は快適だったので、安心して休ませてあげられそうだ。

冒険者ギルドは街のちょうど中心に位置している、とカトラさんが教えてくれた。

その途中、人の往来が増え始めたあたりに服屋はあった。女将(おかみ)のムルさんに紹介されたお店だ。

時間をかけて試着を繰り返し……必要な物を購入してきた僕たちは、お店の前で横一列に並んでいた。

「これで寒さ対策はバッチリね」

ロングコートにマフラー、手袋というコーデのカトラさんが頷(うなず)く。

下に冒険者としての服装を着ているから少しだけ着膨れしてるけど、比較的すらっとして見え、お洒落(しゃれ)だ。

「そうですね。しっかり着込んでると、やっぱり違いますね」

「……完全装備。これで問題なし」

そして僕とリリーはというと、ボンッというオノマトペが聞こえてきそうなぐらい着膨れした状態で、丸いシルエットになっていた。

二人とも厚めの上着を重ね着して、カトラさんと同じくマフラーに手袋。僕はそこに耳当てをつけ、リリーはつばが折り返されて耳当てが垂れているモフモフでファー付きのフライトキャップみたいなのを被（かぶ）っている。

靴下も替えたから足先も少しはマシになった。

暖かいなぁ……と三人でまったり気分になっていると、冷たい風が吹き抜けた。

「やっぱり不備があった。目の周りは寒い。早くギルドに逃げ込まないと」

リリーが前言撤回し、そそくさと歩き出す。

僕とカトラさんも体の芯（しん）まで冷やす風に身を縮めながら、無言で後に続くことにする。これ、今服を買ってなかったら絶対に後々体調を崩しただろうなぁ。うー……寒い。

……。

「あっ見えてきたわね。あれがこの街の冒険者ギルドよ」

大通りに出て、踏み固められた雪に滑らないように注意を払って歩いていると、カトラさんが前方を指して言った。

「あれが……？」

突き当たりに見える建物に、リリーが驚いたように目を瞬かせている。

「ふふっ、私も初めて見た時は同じ感じだったわ。どう、トウヤ君もびっくりしたでしょう」

「はい、あんなに大きいなんて凄いですね……」

よいしょ、よいしょと歩きながらギルドを見つめる。というか、正しくは大通りの突き当たりに見えるギルドの一部を。

もちろんネメシリアにあった小さなギルドよりも、カトラさんが働いていたフストのものよりも大きい。いや、比べものにならないくらい大きい。

ダンジョールの冒険者ギルドは、ドーム球場に似た外観をしていた。サイズも同じくらいありそうで、この世界の建築物からは考えられないくらいの巨大さだ。

段々近づいていくと、緩やかにカーブしたレンガ造りの壁に垂れ幕がかかっているのが目に入った。黒い幕には『剣と盾』の冒険者ギルドのロゴが入っている。

所々にある窓枠が白く塗った木を使っているので、暗い印象はない。むしろ雪と合っていて、レンガの色だけが浮かび上がっている印象だ。こんなにも大きいのにしっかり街に馴染んでいる。

ダンジョールの大通りはギルドを中心に放射状に伸びているみたいだ。僕たちは来た大通りを抜け、最後にギルドをぐるりと囲む道を渡る。

そして人がとめどなく出ては入っていく門のような大きな扉をくぐった。

「おお、これは……！」

「すごい。ギルドだけど、ギルドじゃないみたい」

中に足を踏み入れた瞬間、僕とリリーの口から感嘆の言葉が漏れる。

外から見てあんなに大きかった建物の中心部分が吹き抜けになっていたのだ。

右を見ても左を見ても冒険者ばかり。今いる一階の中心にはゲートのようなものや、受付カウンターが見える。外周部分の壁には依頼の他にも情報が載った紙などが貼られた巨大な掲示板、『パーティに関する手続きはこちら』と書かれた窓口もある。

程よく暖かいし、耳当てと手袋は外しておこうかな?

「人が多いからはぐれないようにね」

僕たちの反応を見て微笑ましげにしているカトラさんが、奥へと先導してくれる。

「サムさんたち、見つけられるかしら。あの辺りで待ち合わせのはずだけれど……」

中心にあるゲートのうち、『三番』で待ち合わせという話になっている。

……それにしても、冒険者っていろんな人がいるんだなぁ。

カトラさんの後ろに続きながら、周りにいる冒険者を見る。

屈強な男性から細身の女性、老人や若い十五歳くらいの子まで。装備が違うだけでなく、エルフやドワーフ、獣人がいたりと種族までバラバラだ。こんなに冒険者が集まってるといろんな人がいて面白い。

だけど流石にこの街でも十歳の冒険者は珍しいのだろう。すれ違った何人かには物珍しげに目を向けられる。

「あ、二階に酒場があるんですか?」

『三番』と書かれたゲートの近くに来たが、サムさんたちが見当たらない。吹き抜け部分から上の階で飲食をしている人が見えたので、僕が尋ねるとカトラさんが教えてくれる。

「ええ、そうよ。ここのギルドは見ての通り何もかも規模が大きいでしょう。二階の酒場はぐるっと中央を除いて席が並んでいて壮観なのよ。それに、いつ来ても繁盛しているのよねぇ」

楽しい思い出でもあるのだろうか。そう言って「サムさんたち、まだ来てないみたいだから隅で待っていましょうか」と続けるカトラさんは、過去を懐かしむような幸せそうな目をしていた。

それと……こんな人混みにレイを連れてくるのは心配だったけど、案外大丈夫だったな。

従魔っぽい無力化された魔物を連れた人も数人だけとはいえ普通にいるし。無力化して連れている分には問題なさそうだ。

三人ともあたりを見ながら人が少ないゲートの横のスペースにいると、近くで同じく立ち止まっていた青年たちの会話が聞こえてきた。

「なあ、さっきB級のやつらが噂になってるって教えてくれたんだが、聞いたか？『飛竜』の依頼の件」

「おお、そういえばさっき帰ってきてたな。いんや、俺は聞いてねえが」

あ、サムさんたちの話だ。

こうしてちょうど話題になるところが耳に入ってくるくらいだから、やっぱりS級ともなると知名度が高いんだな。

頭にバンダナを巻いた方の青年が、興奮気味に話している。

ちらっと確認すると、カトラさんとリリーもこっそりと聞き耳を立てているみたいだ。

「今回は何の依頼かって話題になってたけどよ、聞いて驚け。なんと、ワイバーンの群れの大移動で被害に遭ってる村を救いに行ってたらしい。それで、最終的に五十を超えるワイバーンを倒してきたんだとよ」

「ご、五十か……っ⁉」

話を聞いていた男性が、目を見開いている。

四人で五十体以上もの魔物を倒すってどれだけ凄いんだ。それに相手はあのワイバーンって……。

僕がジャックさんと出会った時、この世界で初めて見た魔物だ。今となっては懐かしい話だけど、あの時覚えた恐怖は今も忘れられない。

僕は一体を前にしただけで嫌な汗を掻いたのに、S級って本当に強いんだなぁ。

「……ははっ、さっすが『飛竜』だ。毎度のことながら驚かさせられるが、なんて言ったって今や生ける伝説だからな。マジで憧れるぜ」

しかし話を聞いていた男性も、すぐに落ち着きを取り戻してしみじみと腕を組んで頷いている。

こういう話、よく聞くんだ。

周りが慣れてしまうくらい凄い逸話がいっぱいあるのかな？　今度聞いてみよう。

「お、噂をしていたら」

バンダナの男性が、ガヤガヤとした人混みの向こうを見ている。

「ん、なんかこっちに……」

つられるように僕たちも目を向けると、サムさんを先頭に『飛竜』の四人がこちらに向かってきていた。自然と道が開き、周囲からは羨望の眼差しを一身に受けている。

会話をしていた男性たちも口を閉ざし、横を通り過ぎ、僕たちのもとに来たサムさんたちの背中を見ている。

「すまない、待たせたか？」

「……ううん、今来たところ」

片手を挙げて謝るサムさんに、リリーが首を振る。

「ちょっと僕がいいことを思いついて人を探していてね、ごめん！」

モクルさんが集合場所に来ていなかった理由を説明してくれる。

「別に気にしないでちょうだい。それにしても、人を？　大事な用事があったんじゃ」

カトラさんが心配すると、モクルさんはサムさんと笑顔で目を合わせてから否定する。

「いやっ、そういうわけじゃないんだ。ほんと、ちょっとね。探していた人が今日はいないみたいだったから、また今度にするよ。カトラちゃんは驚いてくれるかと思うけど……」

「私が？」

「あっ、ま、まあお楽しみってことで」

「ちょっとモクル？　そんなんじゃカトラが気になっちゃうでしょ」

ジャスミンさんがチッチッと指を振って指摘する。

苦笑いを浮かべたカトラさんは、モクルさんを助けるように頷いてみせた。

「まあ、だったら楽しみにしておくわね」

「ごめんね……」

会話がひと段落したところで、僕の様子を見ていたサムさんがみんなを促す。

「よし、集合もできたことだ。トウヤたちの初ダンジョンといこうじゃないか。すぐ目の前にあるのに焦らされると気になって仕方がないだろ？」

僕とリリーが力強く頷く。

サムさんは歩き出しながら続けた。

「初めてのダンジョンはきっと驚くぞ。まずは楽しむことだな」

出発進行、と拳を突き上げるジャスミンさん。僕たちも後に続き、『三番』と書かれたゲートの列に並ぶ。

この街が迷宮都市と名付けられた由縁であるダンジョンは、列の先にある。ゲートの向こうに入り口があるらしい。

カトラさんが人から聞いたという話では、ダンジョンを管理するために、ここの冒険者ギルドはその入り口の上に建設されたそうだ。

魔道具も産出されるという不思議な迷宮。気にならないわけがない。

久しぶりに強く胸が高鳴る。

だけど……早くダンジョンに入りたいと頷いたのは、僕の場合は好奇心からだけではなかった。

S級パーティが子供の冒険者と一緒にいることで、周りから注目の的になってしまっているのだ。

「あの三人、何者だ？」

「『飛竜』と親しいなんて、絶対に只者じゃないだろうな……」

さっきサムさんたちの話をしていた二人組も、そんなことを言い合いながらこっちを見ている。

他のほとんどの人たちも同じような状態だ。

「三人とも服買ったんだね。似合ってるよっ！」

こんなに見られたり噂話をされていても、ジャスミンさんは気にならないのかなぁ。

「ん、ありがと」

いや、リリーも同様に気にしている雰囲気はない。前ではカトラさんも普通にサムさんたちと話しているし……。

精神的に小物なのは、僕だけだったみたいだ。

早く進んでくれと列に祈りながら待っていると、思ったよりも早く順番が来た。祈りが通じた……というわけではなく、元々このくらいの流れだったようだ。

「昨日言ったように、しっかりとギルド章を見せるのよ？」

カトラさんが振り返って、僕とリリーに確認する。

二列で通るゲートには左右に一人ずつ職員の方が立っていて、冒険者たちは自身のギルド章を提示しながら抜けていっている。冒険者登録をしていない人の立ち入りを禁止しているため、緩くではあるけど一応確認がなされているらしい。

説明は受けていたので、宿を出る前に僕のアイテムボックスから出して首にかけていたギルド章をそれぞれ上着の下から出す。

ゆっくりと歩くくらいのペースで、ギルド章を職員の方に見せながらゲートを通り過ぎる。

ふぅ。年齢的に止められたりするかと、ちょっと緊張したけど大丈夫で良かった。僕たちを挟むように、後ろにジャスミンさんたちがいてくれたおかげもあるだろう。

ゲートの先には薄暗い下り階段が続いていた。綺麗にレンガで舗装されている。

冒険者の流れに乗って僕たちも下っていく。

十段くらいで階段は終わり、前方に光が見えてきた。いつの間に横幅五十メートルくらいの広い洞窟のような場所になっていて、周りを行き来している冒険者の数も多くなっている気がする。

「どのゲートから入ってもここに通じておるんじゃよ。しかし地上に出る時は、階段を上ったら自分が入ったゲートにしか戻れんがの」

僕がきょろきょろしていると、ゴーヴァルさんが説明してくれた。

「全部繋がってるんですかっ？」

まるで転移でもしたみたいだ。ゲートがこの洞窟に繋がっているみたいな。

「あ。じゃあもしかして、ここもすでに……」

このダンジョンは形としては地下に続いているが、また別の時空に創造されたものだと言われているんだとか。そのことを思い出し、ゴーヴァルさんに質問してみようとする。

しかしそれよりも先に、僕たちは前方の光の中に足を踏み入れていた。

一気に視界が開ける。

上着を脱ぎたくなるくらいの暖かな日差し。目の前には、微風が吹く草原が遠くまで広がっていた。

「トウヤの想像通り、さっきの場所がダンジョンの玄関口だよ」

会話を聞いていたジャスミンさんが、陽光に気持ちよさそうに目を細めながら答えてくれる。

「それで、ここが第一階層『地下草原』！　ダンジョンへの挑戦、その最初の一歩目だねっ」

◆

背後には僕たちが出てきた洞窟がある。こっちから見たら、暗闇で先が見えないようになっていた。

草原は横にも広いらしく湖や林があるエリアもあるらしい。あまりにも広大で、ここが別の時空だと言われた方が納得できそうな気がするのも頷ける。

レンティア様曰く、創造神アヴァロン様がお造りになったそうだからなぁ。地下に入ったのに青空に雲が浮かんでいるし。もう本物にしか見えない。

「二階層に続く階段はまっすぐと奥に行った場所にあるのだけど……」

カトラさんが思案して続ける。

「今日は探索が目的でもないわ。トウヤ君たちの体験だから、この草原を少し見て回りましょう」

「早く、強い魔物と戦いたい」

しかしリリーが上着を脱ぎながら待ったをかける。

「もう、リリーちゃん。少しずつ肩を慣らしながら安全にいかなきゃダメよ？　私たちの第一目標はあくまである程度稼いで、楽しくダンジョンを冒険することなんだから。危険な目に遭わないことが第一だわ」

「でも、今日はサムたちもいる……」

リリーはレベルを上げて強くなりたいと言っていた。下の階層に行けば行くほど出現する魔物は強くなり、倒した際にレベルが上がりやすくなる。だから積極的に先に進みたいのだろう。

言葉を受けて、サムさんがリリーの肩に手を置く。

「毎回というわけにはいかないが、そうだな……往復で日を跨ぐ第三階層に挑戦するときは、また俺たちが同行するさ。カトラも、俺たちがいたら反対はしないだろ？」

「そう、ね。日帰りできない探索も、その条件だったら。ただね、リリーちゃん。私は実力的に問題があると思ってるわけじゃないのよ？　なんだったら私たち三人だけでも第十階層に行って帰ってくることもできると思ってる」

カトラさんが自信を持った様子で言うと、「ほーそこまでか。坊主たち、凄いのぉ」と横にいたゴーヴァルさんが僕に感心したように耳打ちしてきた。

十階層って、どのくらいの人たちが挑む場所なんだろう？

「それでも確実に安全を確保できる階層までしか、私が二人を連れて行くことはできないわ。だから、納得してくれるかしら？」

カトラさんが訊くと、リリーはしばらく無言で固まっている。ちゃんと納得できるかどうか、自分の頭で考えている時の癖だ。

ジャスミンさんが「ま、第一階層の魔物でもいっぱい倒せばレベルは上がるからね」と間を持たせるように頷いている。

「……うん、わかった」

数秒後、最終的にリリーはカトラさんの言い分に納得できたみたいだ。ほんのちょっとも不満を感じさせない顔で言う。

「ありがとう、リリーちゃん。トウヤ君も大丈夫だったかしら」

「あ、はい。僕は全然。自分の身を守れるように強くはなりたいですけど、魔物とかは……あれなので」

ダンジョンの中を見たいという欲はあるが、戦いが続くのはやっぱり苦手だ。魔物相手には、一目散に全力疾走で逃げたら大体済むし。

「ふふっ、君は出会った頃から変わらないわね」

カトラさんに笑われてしまった。

こうして、僕たちは草原を斜め左の方へと進んでみることになったのだった。

……。

入り口付近は立ち話をする冒険者も多く人口密度が高かったけど、すぐに広々としてきた。

周りの人が減ってから、脱いだ上着や手袋などをアイテムボックスに入れる。ついでにレイの無力化も解いてあげた。

その際、モクルさんが「他の冒険者が近くにいるときは気をつけて見ていてあげてね。ダンジョン内に出現した魔物だと間違われたら大変だから」と助言をくれた。

たしかにレイが攻撃されでもしたら大変だ。本人も気をつけようと心に決めたのか、僕の真横を大人しく歩いている。

いつもは体を元の大きさに戻してあげたらたら、すぐにのびのびと走り回りだすのにな。

……。

ほとんどの冒険者がまっすぐ進み次の階層を目指すので、草原で活動しているのは初心者が多いようだ。

歩いていると、時々若い子たちだけで組んだパーティを見かけた。

革の防具に剣や杖。全員が全員、話を合わせたかのように似た格好をしているので面白い。多分ギルドがおすすめしていたりするのだろう。

魔物の数はそこまで多くはなかった。ちらほらと目視できるくらいだ。魔力を遠くまで漂わせて探知してみても、強そうな気配は見つかっていない。

結構平和だな。

フスト近郊の草原と同じくらいかもしれない。心地いい気温だし、ピクニックとかをする分には雪が降ってる地上よりも良い場所かも。

そんなことを考えながらみんなの後に続いていると、奥に小さめの湖が見える場所でカトラさんたちは止まった。

「この辺りにしましょうか」

「そうだね。見晴らしもいいし、他の冒険者もいない。魔物と一対一で戦えるいい場所だと思うよ」

モクルさんが同意して、今日の活動場所が決まる。

うーん、間違いなく素敵な場所だとは思うけど……。

「でも、見た感じあんまり魔物がいないですよ？」

「あぁ。それは大丈夫だよ、トウヤ」

歩き回りながら倒していった方がいいんじゃ、と不思議に思いながら訊くと、ジャスミンさんが首を振った。

「ダンジョンはね、入り口や階層間の階段付近を除いて、人が集まってると重点的に魔物が湧いてくるんだ！　もちろん誰もいなくても出現するけど、結構数に違いがあってね」

「湧いてくる……。そ、そんな感じなんですね」

「ダンジョンの仕組みについては諸説あるから。人によっても考え方は違うし、まあ実際に目で見てみた方が早いと思うよ」

地上にいる魔物は、普通の動物と同じように子供を産むことで増えていっていると学んだ。単なる動物と違う点があるといっても、それは体内に魔石を持ち、魔力をまとっているという点などだ。

でも、ダンジョン内では魔物が湧いてくると。同じように魔石が獲れ稼ぎになるとは聞いているけど、色々と違いもあるらしい。

サムさんが地面に腰を下ろす。

「俺たちは見守っているが、誰からやってみる？」

「そうねぇ。私もついでに、久しぶりにダンジョンで魔物を倒す経験をしておきたいけれど、二人が先ね。トウヤ君からいってみましょうか」

「えっ、僕からですか……？」

自分を指で差して聞き返すと、カトラさんは一つ頷きリリーを向く。

「いいわよね？」

「うーん。最初のはトウヤに譲ってあげる。でももう一体見つけたら、すぐにわたしもいくから。どっちが先に倒すか競争」

いや、競走って。

「おっ、いいねリリー！　二人とも頑張れーっ」

すでに草の上に座り込んだジャスミンさんが、腕を突き上げて煽ってくる。他のゴーヴァルさんたち『飛竜』のメンバーも、同じく笑顔で手を叩いたりして「いいぞいいぞ」といった感じだ。

はぁ……。

呆れながらリリーと目を合わす。

彼女はやる気十分といった様子で、僅かに右の口端を上げていた。まあ、これくらいだったら乗ってあげてもいいけどさ。

「ここの魔物相手だったら二人とも心配はないから、私もみんなと一緒にこの場所で見てるわね。万が一何かあっても、すぐに駆けつけられるようにしておくわ。サムさんたちもいるんだから、目の届く範囲だったら好きに動いて構わないわよ」

カトラさんまでそう言うと、腰に手を当てて観戦モードに入ってしまう。これ以上の口出しはしないってことのようだ。

ちゃっかりレイも、カトラさんの横に移動して腰を下ろしているし。

「わかりました。まあじゃあ、始めるよ？」

「うん、いつでもいい」

リリーが頷いたのを確認してから、僕は周囲をぐるりと見回した。同時に魔物の気配を探り、おおよその位置にあたりをつける。

ん？

さっきまでいなかった場所に、魔物の気配がある。目を向けると、日差しにゆらゆらと反射する緑色のゼリーが見えた。

距離は二百メートルくらい。草と近い色だから見えづらいけど、あれは……スライム、だろうか？

フストで水路にいるスライムを駆除した時カトラさんから聞いた。たしか街中のゴミを食べてくれるスライムとは違って、ダンジョンにいるスライムは普通に攻撃してきて危険だと。

よーし。警戒は十分にしてあのスライムを倒そう。

リリーも僕が見つけたスライムに気づいてるみたいだ。すでに自分用のターゲットを探し始めている。

一応は競走ということになった以上、変に手を抜いても面白くない。僕が把握している限りではまだ次の魔物は現れていないけど、リリーを待ったりはせず駆け出す。

スライムまでの距離は約二百メートル。

五十メートル以下まで距離を詰められたら、シンプルな一般魔法で攻撃を与えられる。生活魔法で作った氷ボールを投げたりと、もっと遠い場所から攻撃する手段はあるけど、みんなに見られている以上なるべく変わった手段は避けておきたい。

近くに行って腰の短剣を使うよりは安全だろう。

そこそこの力で走り、詠唱を開始する。僕は四十メートル手前くらいで魔法を展開し、発動した。

「『ウィンド・カッター』！」

カトラさんたちとの旅に出てから練習の頻度が減ったとはいえ、着実に鍛錬を重ねてきた得意の魔法だ。

手のひらから飛ばされた風の刃が、スライムを目掛けて飛んでいく。

飛距離も伸び、コントロールも上達した。倒し切れるかはわからないけど外すことはない。

と、その時。僕が狙ったスライムの奥に、淡い光が集まって同じ緑色のスライムが出現した。

魔力が集まって魔物になった……？　これが「湧く」ということなのだろうか。

現れたスライムは、ジャンプして移動を始めている。

「……『ウィンド・アロー』」

同時に、後ろの方にいるリリーの声が小さく聞こえた。

ビュン……ッ！

「えっ」

横の少し離れた場所から音が聞こえ、目だけを動かして確認する。

視界に入ったのは、弧を描くように凄まじい速さで通過していく風の矢だった。それは綺麗に曲がり、ジャンプしていたスライムに吸い寄せられていく。

リリーの矢がスライムを貫いたのは、僕の刃がスライムを二つに断ち切ったすぐ後だった。二体のスライムが淡い光となって消えていく。

結果はともあれ、ハンデがなければ実際のところ僕よりもずっと遠くから、その上ずっと素早くび、微妙な差で勝てたけど。相変わらず凄いなぁ、リリーは。

もう強くならなくてもいいくらい、今の段階でも十分な実力があるんじゃないかな。

スライムを倒したリリーに度肝を抜かれる。

足音が聞こえて振り向く。こっちに歩いてきていた彼女は近くで止まり、しょんぼりした顔を見せた。

「……負けた」

リリーは明らかに魔法の天才だ。その上、現状に満足しない向上心も持っている。

本当に末恐ろしい子だ。おかげで刺激を受けられ、楽しみつつも積極的に魔法を探求できるから僕としては有り難い存在でもある。

倒したスライムは消えてしまったけど、キラリと光る小石サイズの魔石を落としたので二人で拾いにいく。

カトラさんたちのもとへ戻りながら、僕は「さっきの魔法、リリーに教えてもらえないかな」と魔法のことで頭がいっぱいになり始めていた。


「いやー、想像していたよりずっと立派な魔法使いだったみたいだ。びっくりしたぞ」

みんなの場所に戻ると、サムさんが親指を立てた手を挙げながら迎え入れてくれた。

どっちかと言うとリリーの方が凄かったし、僕が前に出るのも違うかな。そう思いつつ、リリーが何も言わないので僕がぺこりと頭を下げておく。

「ありがとうございます」

「うん、うんっ。もう最高だねっ、二人とも！」

体をぐいっと横に倒し視界に入ってくるジャスミンさん。両足の裏をくっつけて、あぐらみたいな体勢で前後に揺れながら興奮している。

「魔力が多いのは感じていたけど、ヒューマンがその年で技術面でもあそこまで到達できてるなんて！　まだまだ成長の余地はありそうだし、これは魔法使いとして期待できるよ～」

「これ、またおぬしは。ウザくならぬようにすると言っていた昨日の言葉はどこへやったんじゃ……」

「もうゴーヴァルは！　この興奮は仕方がないでしょっ？　私、もう嬉しくて。そりゃ未来ある若い子たちが、こんなに魔法が上手だったら期待もしちゃうでしょ！」

「ぬっ、確かにわからんでもないがの……」

ゴーヴァルさんは思案顔で自身の髭を触りだす。

その様子をにこやかに見ていたモクルさんが、僕たちに視線を向けた。

「ジャスミンは魔法に関することとなると一層思い入れが強いから、ごめんよ。それにしてもこの感じだったら、もしかして僕たちお邪魔だったかな？　心配する必要もなかったね」

「いえ、僕は一緒に来ていただけて嬉しいですよ！」

そう返すとモクルさんは照れくさそうに、はにかんだ。

「じゃあ、あそこのスライムは私が倒そうかしら」

カトラさんが立ち上がって歩きだす。見ると、近くにスライムが現れていた。

あっ。他にもポツポツと、周辺に魔力が集まって湧いてきてる。このくらいの魔物相手だったら好きに行動しても大丈夫だろう。

「僕たちもあとは好きにやろうか」

横を向いて声をかけてみると、リリーは小さく首を振った。

「……いや、何体倒せたか競争」

「え、また競争？」

「うん。そっちの方がやる気が出る。それに、楽しい」

意外だな。競い合うことが好きみたいだ。手首のマッサージをしながら、ちらっとこっちを見てくる。

他の人には変化が乏しくてわからないだろうけど……こ、この顔は挑発されてるな。

「俺たちはもともと休暇のつもりだったからな。ここで見ておくから、周辺で自由に狩ってくれ」

サムさんの言葉に頷く。

「魔石はギルドで売れる重要な収入源かつ、ダンジョールを回してる街のエネルギー源だからね。トウヤくんが回収できる分はアイテムボックスに入れて、あとはジャスミンに任せるか袋に入れて手で持って帰ろう。忘れないように回収するんだよ？」

「了解です」

続けてモクルさんからの確認にも頷き、僕はリリーに視線を返した。ちょっとわざとらしいかもしれないけど、ニヤッと笑って。

「わかったよ、受けて立とう。次は文句なしに大差をつけて勝つから」

「トウヤ、その意気」

今度ははっきりと笑うリリー。楽しそうにしながら、くいっと唇を結ぶ。

「よし。じゃあ、よーいスタート！」

僕が合図を出すと、お互いに反対側に分かれた。

カトラさんも離れた場所でスライムを倒している。時々こっちを見ているので軽く流しているようだ。

レイも近場だったら大丈夫と思ったのか、走ってスライムを倒したりし始めているみたいだし、もしかするとレイのことを気にかけてくれているのかもしれない。

サムさんたちが一箇所に固まって座っているから、その辺りを中心にスライムが湧いてきている。魔力が集まり、どこからともなく現れてくるスライムたち。

魔法を中心に、たまには腰から短剣を抜いてっと。

フストの街で見たスライム同様に体内に浮かんでいる魔石を割っても倒せるけど、こっちは普通に体に攻撃を与えるだけでも大丈夫らしい。

ジャンプでビョーンビョーンと移動するので素早いし、ゴムで弾（はじ）いたみたいに体当たりをしてくる。けれど、言ってしまえば攻撃手段はそれだけだ。

気合いを入れていこう。アトラクションやゲームの感覚でスライム討伐を楽しみつつ、集中することにする。

リリーに勝ってやるぞ！

◆

結果から言うと……うん、普通に負けた。ちぇっ、悔しい。

時間にして一時間半くらいかな。その間に僕は二百六十三匹も倒せた。

しかし対するリリーは、なんと三百三十匹。僕だって倒した数は相当なんだけどなぁ。相手が悪かったと思う他ないだろう。

「ぶい」

勝利したリリーは、誇らしげにピースを掲げている。

まだまだ元気そうだ。僕はもうへとへとなのに。

途中からはカトラさんがスライムを僕たちに譲ってくれたが、それでも結局はリリーとの奪い合いに勝たないといけない。最初はなんとか食いついていたんだけど、一時間を超えたあたりから徐々にスライムを横取りされることが増え……。

意識が乱れ始め、魔法の展開速度が遅くなってしまったのが悪かった。最後まで集中力を継続できていればスライムも横取りされていなかったはずだ。

リリーはまだ元気が有り余ってるように見える。省エネできるコツでもあるのか、それとも単に積んできた経験値が違うからなのか。

ちなみに今回倒したスライム。見たまんまだけど、名前はグリーンスライムというそうだ。

間合いを詰めた時に鑑定してみたら、ウィンドウにこんな説明が出た。


【 グリーンスライム 】

ダンジョン固有のスライム。相手を問わず、ひたすら他生物に体当たりを繰り返す。柔らかな草を好んで食べる。

ひたすら体当たりをするってところからも知能が低いことが窺(うかが)える。体当たりのパターンも単調だし、今後も危険な日に遭うことはないはずだ。

うん。ここでなら比較的安心して活動できるな。まあ、まだダンジョン第一階層なんだから当然か。

カトラさんとレイも十数個は魔石を取っていたので、全員分をまとめて僕のアイテムボックスに収納する。

「今日はもう帰りましょうか」

カトラさんの呼びかけで、今日の活動は終了となった。

ジャスミンさんのアイテムボックスから野営用のアイテムを取り出し、お茶をしていた『飛竜』のみんなも撤収の準備を始める。

「今日は付き合っていただいて、ありがとうございました」

サムさんたちがいてくれたから、短時間でここまでのスライムが湧き続けたんだ。僕が頭を下げると、大斧（おおおの）を背負ったゴーヴァルさんが手を振った。

「いや、気にせんで良い。儂（わし）らも面白いものが見られたからの。良い休日の過ごせたわい」

「あとはギルドに戻ったら魔石を売って……そうだ！」

ジャスミンさんがこっちを見る。

「ステータスも確認していくよねっ？　二人ともレベル上がったってさっき言ってたし」

「はい。宿に帰る前に確認しようかと」

そう。実は、そうなのだ。

スライムを倒していると、レベルが上がった時に特有の熱をお腹の底から感じたのだった。なんと終わってみてから聞くと、ちょうどリリーも同じく感じていたらしい。

レベルはリリーの方が上だから、偶然タイミングが重なったのだと思う。

ダンジョールのギルドにはステータスを確認するための魔道具があるそうだ。だから楽しみをとっておくという意味合いで、まだステータスオープンでの確認は控え、僕も今回はそれで確認してみることにした。

「よし！　じゃあパパッと地上に戻って、やること済ませて帰ろうか。あ、それとも酒場で何か飲んで帰る……？」

最後に金属製のカップを収納しながらジャスミンさんがみんなに訊く。

あれこれと話しながら、僕たちは出口を目指して歩くことにした。

「そういえば、ここはずっと明るいんですね。太陽の位置も変わってないですし」

歩きながらふと気づいたことを僕が言うと、隣にいたカトラさんが空を見上げた。

「私も初めて来た時は驚いたわ。ダンジョンって全てが特殊で、不思議な空間だから。ここの太陽もだけど、川がどこから来てどこへ流れていっているのかもわからないのよねぇ。谷底に落ちていったとしても、下の階層には水がなかったりするし」

へー、それって……。

「なんだか、現実味がないですね」

ダンジョンの魔物も、地上とは違って倒したら魔石を落として消えてしまう。本当に現実味がない。

ここはアヴァロン様が作ったゲームのような空間。そう考えた方がしっくりくるのかも。

「まあ、魔物の解体作業をしなくてもいいのは楽で嬉しいですけど」

「もう、トウヤ君はまたそんなこと言って。ここでの生活に慣れすぎちゃダメよ？　外にも魔物で困ってる人はいるのだし、世界は広いんだから。ダンジョン攻略に精一杯になって、この場所の価値観に縛られちゃもったいないわ」

カトラさんは『飛竜』の四人に目を向ける。

「サムさんたちが時々他の街での依頼をこなしているのも、きっとそういう理由からだと思うわ。あくまで、ここにはここの仕組みや価値観があるだけ。世界どこへ行っても同じというわけじゃない。せっかく冒険者としてやってるんだから、いろいろと知りたいってね」

「あー……それは、たしかに。そのために僕も旅をしてるっていう面もありますしね」

「そうそう、わかったならよろしいっ。とにかく、ダンジョンに入れ込みすぎちゃダメよ？　それでこの街での生活に取り憑かれた困った冒険者もかなりいるんだから」

「……え？」

思わずオーバーに反応してしまう。

な、なんか話の着地点が怖い感じだったんだけど……。

ダンジョン専門の冒険者を続けていたら、攻略することが人生のメインになってしまうってことなのかな。

でも、ダンジョンで魔物と戦って稼いで、この街で暮らすっていうサイクルができてしまったら、たしかに気付いたら結構な時間が経っていってしまいそうな気もする。

ダンジョンはレベルを上げられ、生活に必要な魔石が獲れるという大きなメリットがある。しかし人をこの街に留まらせてしまう、そんな厄介な魅力があることも間違いないのかもしれない。

僕なんてまだ一日来ただけだ。それでも、危険はありつつも楽しい場所だと感じてるくらいだし。

といっても、個人的には街の中にあるのに、ダンジョンに来たら一般魔法も周りを気にせず使いまくれる、そんな観点から楽しいと思ったまでだけど。

ま、なんにせよ僕はダンジョン一本で生きていくと決心することができないのだから、程々の距離感を保っておかないとな。

そう心に決めると、空に浮かぶ動かない太陽がもう本物には見えなかった。


三番のゲートからギルド内に戻ってきた。サムさんたちの後ろに続き、魔石専用の買取所へ向かう。

ここのギルドでは魔石専用と、第二階層から一定の確率でモンスターが落としだすドロップアイテム専用の買取所が分かれているみたいだ。

多くの冒険者が帰還する時間帯だったらしく、どの窓口の列も長く伸びている。

サムさんたちが来たことで、またしても周囲からの視線を感じる……が、気にしない気にしない。

他のみんなが普通に話して時間を潰しているので、僕もその輪に入って周りは見ないようにする。

遠巻きから興味ありげに見られているだけで変に干渉されたりはしていないのだ。目立ってしまっていることは仕方がないと、もう我慢するべきだろう。じゃないと、これからも疲れて仕方がない。

そう思うと、少し気が楽になった。

いや……やっぱり嘘かも。こうも周りから視線を感じると、まだ緊張しちゃうなぁ。

そうこうしていると列が進み、窓口の女性職員さんが眉を上げながら迎えてくれた。

「まあ、サムさんたちじゃない。こっちに来てくれるなんて珍しいですね」

「いや、今日は彼女たちの初のダンジョンへの付き添いなんだ」

「それは……すごいですね！　皆さんが付き添いだなんて」

職員さんは、そう言って頭にある猫耳をぴくりと動かす。

こうしてギルド内を見渡しても思うけど、ダンジョールは獣人の方も多い。今までのどこよりも本当にいろんな種族が集まっている。

それとわかってはいたけど、サムさんたちの顔の広さって凄いんだな。

「以前からの知り合いで」

カトラさんが挨拶がてらに会釈すると、職員さんは人当たりの良い笑顔を浮かべ、期待感と共にこちらを見てくる。

「『飛竜』はこの街のヒーローですから。そんな方々と知り合いだなんて、皆さんもすぐに上位のランクになるやもしれませんね！」

ここは容量がかなり大きいとバレなければ良いだけと割り切り、その間に僕はアイテムボックスから取り出した魔石の数々を、ジャスミンさんに教えてもらいながら窓口の横にある金属板に滑らせていった。

魔石は滑って、窓口の向こう側に落ちていく。

何か特殊な箱に入っていったみたいだ。体重計のように表示された数字を見て、職員さんが硬貨を渡してくれる。

「まあ。やっぱり魔石の数もすごいし、これは期待の新人さんたちです」

あの箱は、獲ってきた魔石の価格をまとめて計測できる代物だったようだ。

これも魔道具なのかな？　魔道具の職人が多くいるというくらいだし、色々とあってハイテクな感じだなぁ。

出された硬貨は、今まで使ってきたものとは違ったデザインの公国のものだ。見た目が違うだけで種類や価値は王国貨幣と同じくらいらしい。

だから……うん。

単価としては、フストでスライムの魔石を売った時より少し良いくらいかな。硬貨は僕が受け取ってアイテムボックスに収納しておく。

次はステータスの確認へ。

「あんまり、あそこは行かないの？」

窓口を離れギルド内の人混みを移動する最中、リリーがモクルさんに質問する。職員さんとの会話で、サムさんたちが来るのは珍しいと言っていたからだろう。

「あー。僕たちは、ダンジョンに潜るときは結構深くまでいくからね。回収してきた物も希少なことが多いから、まとめて裏の部屋で買取を行ってもらってるんだよ」

「すごい。VIP、待遇……？」

「あはは、そう言ったら聞こえはいいけどね。単に対応が楽になるからだよ」

モクルさんはいやいやと手を振っているけど、きっとVIP待遇に違いない。

周りからの目を気にしないと心に決めたばかりなんだけどなぁ。なんか次は急に、モクルさんたちの凄さに圧倒される気持ちが交代するように跳ね上がってきた。

こ、これまで結構ラフに接していたけど……。

そうだ。全員がSランク、かつS級のパーティなんだから凄いに決まってる。

「トウヤ、リリー。あれが測定器。私たちはここで待ってるから、二人で見てきていいよ」

などと考えていると、足を止めたジャスミンさんに声をかけられた。

「あ、はっ、はい」

「なに、緊張してるの？」

「あーいえ、これはまた別で……って、二人でですか？」

なんでみんなで行かないんだろう。

「トウヤ君」

僕が聞き返すと、代わってカトラさんが答えてくれる。

「ステータスって大切な情報でしょう？　魔力量とかは他人でも大体わかるけれど、できればあんまり人に知られたくないって思う人も多いのよ。だからダンジョールのギルドでは、確認は一人でするのが一般的なのよ」

「なるほど……」

たしかに示された『測定器』という魔道具は、仕切られたブースの中で壁に向いて置かれている。一人ずつ入ってステータスの確認を行うようだ。

冒険者としての習わしの話なんだったら、ここは乗っておいた方が良い経験になるだろう。何しろ僕の場合は、ステータスを確認するだけなんだったらいつでもできるんだし。

「わかりました、じゃあ行こうか」

「……うん」

リリーを呼んで、一緒に測定器と呼ばれている魔道具のもとへ向かう。

こっちは魔石の買取とは違って今は三人しか列になっていない。一人当たりそこまで時間もかからないみたいで、並んで待っているとすぐに僕たちの番が来た。

まずはリリーがブースの中に入っていく。

ギルドが提供しているサービスだから、ここはお金がかからないらしい。良心的だ。

リリーは壁と測定器の間に立ち、壁に背を向けてステータスを確認している。測定器をジーっと見て、しばらくすると右手にある出口からブースを出ていった。

よし、次は僕の番だ。

あ……そういえば、使い方わかるかな？　詳しく聞かないままここまで来ちゃったけど。
後ろにも人が来たので、とりあえずブースに入って測定器の前まで行く。測定器はアーケード
ゲーム機のようなサイズと見た目で、画面にあたる部分が鏡になっていた。
良かった。左右に丁寧に説明が書いてある。
まあ目の前に誰が見ても手を置く場所ですよとわかるように、手形が描かれた箇所がある。だか
ら何をすればいいのか大体わかるけど、一応サッと説明に目を通しておく。
……うん、想像通りここに手を置くだけで良かったみたいだ。
少し緊張しながら、あまりゆっくりしてもいられないので早速手を置いてみる。するとその瞬間、
鏡に文字が浮かび上がってきた。
おお……んっ？

【レベル】4
【攻撃】SS
【耐久】SS
【俊敏】SS
【魔力】SS
【スキル】鑑定　アイテムボックス

あれ。

なんか、思っていたのと違う感じだ。

揺らめく水色の光で表示されたのは、僕がいつも確認してるステータスに比べて項目も少ないし、何より数値ではなく『SS』で能力値が表示されたものだった。

冒険者とか魔物のランクから考えると、『SS』は「かなり高い」といった程度の意味合いなんだろう。

だけど……これだったらステータスをオープンした方が、詳細な情報が知れていいかもしれないなぁ。いつでもどこでも見られて手軽だし。

うーん。勝手な感想で申し訳ないけど、ちょっとガックシだ。

せっかくの魔道具なのに、文字が表示されただけであんまり魔法っぽさも感じられなかったし。

「ステータスオープン」

【名　前】トウヤ・マチミ
【年　齢】10
【種　族】ヒューマン
【レベル】4
【攻　撃】3300
【耐　久】3300

【俊　敏】３３００
【知　性】53
【魔　力】５１００
【スキル】鑑定　アイテムボックス
女神レンティアの使徒
神ネメステッドのお気に入り
幸運の持ち主
フェンリル（幼）の主人

近くに人はいないので、小声で呟いてみたが……うん、やっぱりこっちの方がしっくりくる。攻撃や耐久なんかも、１００ずつだけど着実に数値も上昇している。

目の前に浮かんでいるこの半透明のウィンドウで、成長が可視化されていることの良さを改めて実感することができた。頑張り甲斐がある気がする。

じゃあもう行こう……あ、そうだ。

鑑定機の前を離れようとして、ふと思いついた。

もしかしてこの魔道具を使ったら、レイのステータスを確認できたりしないのかな。

僕の鑑定スキルでは、同等以上の存在だからとか何とかで、これまで制限があって鑑定できていなかった。

一応周りの目を確認してみる。

列に並んでいる人たちは、幸い会話に夢中でこっちを見ていない。

反対側から顔を出して見てみると、カトラさんたちのもとへ戻ったリリーと目が合ったけれど、鑑定機の陰に隠れて手元は見えないし不審がられはしないだろう。

よし。とにかく、ぱぱっとやってみよう。

肩の上からレイを下ろして抱き抱える。レイは突然のことに、「何だ？」といった感じで見上げてきた。

「ちょっと、そこに手を置いてみて」

僕はそう説明しながら、レイの前足を持って誘導するように手形の上に置いてみる。

あっ。

反応はすぐにあった。僕のステータスを表示していた水色の光が、大きく揺らめいて変形していく。

新たに表示されたステータスを見て、思わず目を疑った。

【レベル】13
【攻撃】SSS
【耐久】SSS
【俊敏】SSS

【魔　力】SSS

こ、これが……レイの？

レベルが13なのは、僕以上に魔物を倒した過去があったのかもしれないから置いておくとして。

それよりもなんだ、この『SSS』の表記。

普通に考えたら、僕の『SS』よりも一段階上ってことなんだろうけど。なんか限界を突破しているというか、凄さを無理やり表現しているというか。

ま、まあ凄いことに違いはないのだろう。確実に僕よりは。

「……すっ、凄いね。レイ」

素直な思いが口を出る。

再びこっちを見上げたレイは、少ししたり顔をしている気がした。

鑑定機は前を離れると表示されていたステータスが消えたので、僕もブースから出てみんなのもとに戻る。

「トウヤ、今は酒場も混み合ってるみたいでな。話し合ったんだが、今日はもう君たちの硬貨の両替だけを済ませて、宿に帰ることにしてもいいかい？」

サムさんが訊いてくれたので、頷く。

「はい、僕は全然。わかりました」

「よし、じゃあ両替所はこっちだ」

多分、ジャスミンさんが酒場に寄るか提案していたからだろう。たしかに吹き抜けから見える酒場の席は、どこも満席だ。本当に冒険者の数が他の街と比べて桁違いに多い。

こんなに繁盛してる酒場だったら美味しいものもたくさんあるだろう。ぜひとも行きたいが、残念ながらそれはまた別の機会にだな。

サムさんたちの先導で公国貨幣への両替所に向かう途中、最後尾を歩くカトラさんに話しかける。

「さっき確認してきたステータス。レベル以外は数値じゃないんですね」

「ああ、そうね。レベルごとにステータスは上がっていくけれど、レベル以外の等級については、同じレベルで一般的に見てどれくらい凄いか表されてるのよ？　凡人が『D』で、天才が『A』くらい。それ以上はもっと凄い、みたいな感じでね」

「なる、ほど……」

サムさんたちは冒険者のマナーとして結果を聞いてきたりはしなかった。だからカトラさんに説明を受ける意味も込めて訊いたけど、思ったよりも収穫のある話だった。

あのアルファベットは、同じレベル内での相対的な評価ってことだったのか。

……うん、この認識で合ってるとは思う。ちょっと不安だけど。

「トウヤ君くらいの魔力量だったら、今のレベルだとあっさり『SS』とかだったでしょう？」

「……はい」

「それって、出会った頃にも言ったけれど数十万人に一人くらいの才能なのよ」

「あーそういえば、以前仰っていたような……」

小声で話し合う。

そうか。レベル1の頃から魔力が多いということは、レベル4になった今もそのくらいの才能がこの体には秘められているということ。

あとは今後の伸び具合で変動もあるだろうけど、改めてレンティア様から与えられたものの大きさを感じる。

何というか、色々経験するたびにぼんやりとしか把握できていなかった【使徒の肉体】や【魔法の才能】の凄さが鮮明になっていっている気がする。

「ま、うちのトウヤ君とリリーちゃんはそれくらい稀有な才能の持ち主ってことね」

カトラさんは最後にそう言うと、僕がアイテムボックスから出した王国貨幣を入れた麻袋を受け取り、両替所に向かっていった。

そうだ。リリーも魔力量や魔法に関しては、僕と同じくらいだもんな。魔力は『SS』ってことなのだろう。

そう思うと、僕のように女神様から与えられたものもなしに、それだけ凄いリリーの天才っぷりがわかってくる。

いつも隣にいるから「凄いなぁ」くらいにしか思ってないけど、もしかすると国レベルで大切にされるべきの大天才なのかもしれない。恐ろしい子だ。

そういえば、リリーも凄いけど『SSS』と表示されていたレイって……。

レベル16の上に全ステータスが『SSS』だったし、数値に置き換えたらどれくらい高いのかな？

10000とか超えてる気もするけど……いや、怖いからもうあんまり考えないでおこう。

肩の上にいるレイが、重く感じてきた。

フェンリルは神に近い種族だってレンティア様も仰っていた。僕たちヒューマンとは同じに考えない方が気楽でいられるはずだ。うん。

神の使いでのんびり異世界旅行
～最強の体でスローライフ。魔法を楽しんで自由に生きていく！～

第四章

重なる偶然、思わぬ癒し

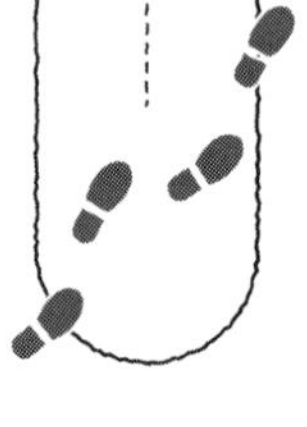

じんわりとした暑さに汗が流れる。体の芯からポカポカとして心地いい。

僕は今サウナの中で目を閉じ、ゆったりと癒やされていた。

宿『雪妖精のかまくら』には、魔道具を用いたシャワーだけでなく男女別のサウナが完備されているのだ。昨日は到着したばかりで疲れていたのでシャワーだけで済ませたけど、今日は入ってみた。

中はそこまで広くない。だけど一段に三人くらい座れて、それが前後二段になっているから十分と言えば十分だろう。部屋数的にも宿泊客はそんなに多くないみたいだし。

あ、そういえば僕たちとサムさん、ローレンスさん以外に泊まっているのは商人の一団だけって言ってたな。まだ姿を見てないので、本当に忙しい方たちのようだ。

サウナの二段目に座っている僕の隣には、サムさん。そしてその奥にモクルさんがいる。

ゴーヴァルさんが来ていないのは、ドワーフは前世の知識で想像していた通りかなりの辛党らしく、夜ご飯の席で呑みまくっていたせいだろう。

サムさんとモクルさんは、僕がサウナに来る少し前から入っていたそうだ。

日本のサウナほど高温じゃないので、体の小さい僕でもじっくり楽しめる。

ちなみに、ギルドから宿に戻り夜ご飯を食べた後、レンティア様に頼まれていたポッドパイなどの料理はしっかりと送った。

器をどうしようかなと思っていたけど、ここで役に立ったのがアイテムボックス。

料理だけを収納して、次にそれを自分の器へ取り出すことで綺麗に移すことができた。本当にアイテムボックス様様だ。

「…………」

「…………」

そ、それにしても気まずい。

挨拶はしたけど、二人ともリラックスした様子だったのであまり話しかけるのもあれかなと思ったのが失敗だったかもしれない。

僕が目を閉じてから結構経ったけど、静寂が続いている。

モクルさんは少し毛深いだけで、熊人といっても耳以外の要素が薄かったのは意外だったなぁ。

なんて考えて時間が過ぎるのを待つ。

「……トウヤ」

うん？

僕がぼうっとしていると、いきなりサムさんに名前を呼ばれた。目を開けて彼を見る。

「出会ったときから気になっていたこと……いや、訊きたかったことがあったんだが、質問いいかい？」

「あっ、はい。それはもちろん」

サムさんも気まずくて、気を利(き)かせてくれたのだろうか。何だか奥からこっちを見ているモクルさんも合わせて、二人とも真剣な表情だけど。

「僕に答えられることでしたら、何でも大丈夫ですよ」

「そうか。じゃあ……」

そこで、サムさんは一息置く。

僕が首からかけたタオルで、顔の汗を拭いた時。

「君の従魔……レイだったか。彼は、もしかするとフェンリルだったりしないか？」

「え」

フェンリル……レイ……。あれっ、なんで？

サムさんの顔を見るが、真剣そのものだ。額から滴る汗も拭わず、じっと目を逸(そ)らさず僕を見ている。

どこで気づかれたんだろう。

レイが発している魔力が神聖な感じがするから、カトラさんなんかも何か稀有な魔物だとは思っている。だけど今まで、フェンリルだと気づかれたことはなかったんだけどな……。

「あっ、ごめんね」

僕が内心どう答えるべきかと焦っていると、奥のモクルさんが両手を振りながら言ってくる。

「別に僕たちは、誰かに言いふらしたりしようとは考えてないんだ。ただ、初めて会った時に『もしかして』って思ってね。ゴーヴァルやジャスミンにも話してないよ。僕とサムは、グランがパーティを抜けてすぐの頃に、偶然フェンリルを見たことがあってね。だから、気になってしまったんだ」

警戒しないでくれと暗に伝えているのだろう。

それは、もちろんだ。サムさんたちのことは、言動の節々から感じられる雰囲気からも信頼できると思っている。

それに……なるほど。二人は以前に、フェンリルを見たことがあったのか。

木の下で出会った時、無力化を解いた状態のレイを見て、モクルさんがサムさんと目を合わせていたような記憶もある。

モクルさん、サムさんと順に顔を見る。さらにもう少しだけ、どうしたものかと考える。

まあ、そうだな。

彼らなら本当に言っても黙ってはくれるはずだ。大体レイがフェンリルってことも、凄い魔物だと知られたら面倒ごとになったりするのが嫌で黙っているだけだし。

「……はい。フェンリル、らしいです。僕も、従魔にした後に知ったんですが」

だから、フェンリルを見たことがあり姿を知っているというサムさんたちには打ち明けてみることにした。

「やっぱり、そうだったのか……。いろんな従魔を見てきたが、フェンリルは珍しいなんてレベルじゃないな」

「大きさ的に考えて、まだ子供だよね。彼とはどこで?」

「フストの近郊です。怪我をしているところを見かけて、助けてあげたら付いて来ました。あ、フェンリルと言っても結構のんびりしている性格ですし、人を傷つけたりしたことはないですので。安心していただければと」

「ああ。警戒して距離を置くなんてないさ。俺たちが一度だけフェンリルの姿を見た時も、複数の魔物に囲まれたところを、偶然通りかかったフェンリルに助けられたんだ」

サムさんが昔を思い出すように腕を組む。

「あの時は二人パーティになったばかりで、本当に危なかったよね」

「幸運だった。見たこともない魔物だったから一瞬敵が増えたのかと思ったがな。駆け出しの頃に先輩冒険者に聞いた特徴と一致したからフェンリルだと気づいて、次の瞬間には俺たちを助けて、消えていったんだ」

憧れを感じさせる喋り方だ。もしかするとサムさんは、その時にフェンリルに心を捉えられていたのかもしれない。

「だから俺とモクルはレイを見て驚いたというのもあったが、どちらかと言うと正直嬉しかったんだ。またフェンリルにお目にかかれたとね」

本当に、フェンリルかどうかだけ確証が得たかっただけらしい。

その後もしばらく話したが、サウナを出てシャワーを浴び、部屋に戻るため脱衣所を出ると、さっぱりした表情のサムさんが軽く手を挙げた。

「ずっと他のメンバーがいない三人だけになれるタイミングを探っていたんだが……サウナで長話をしてしまってすまない」

「いえいえ。僕も、他にも昔のお話を聞かせていただけましたし。楽しかったので、ありがとうございました」

脱衣所を出ると、廊下を進んで食堂の側を通り、階段を上って部屋に向かうルートになっている。

今日はカトラさんたちは先にシャワーに向かい、僕は留守番を兼ねてレイと部屋で待っていたからな。カトラさんとリリーは、レイと一緒に部屋で待ってくれているはずだ。ちょっと遅くなっちゃったけど、ま、まさか先に寝てたりはしてないよね？

食堂の側を通ろうとすると、カウンター席にローレンスさんの姿があった。

「ローレンス、あんまり呑みすぎるなよ」

サムさんが声をかけると、頬を赤らめたローレンスさんがこっちを見る。

「やあやあ。サムにモクル、それに……昨日の子じゃないか」

「こんばんは」

近くで立ち止まって、僕も会釈する。

名前、まだ覚えられてないのかな。酔っ払ってるから出てこなかっただけだと思いたいけど……。

ローレンスさんは木製ジョッキを傾け、グビッと喉を鳴らす。

「あら、これはすでに呑みすぎてるみたいだね……」

眉を下げ、苦笑いをするモクルさん。

僕がサウナに行く時はいなかったんだけどなぁ。ローレンスさん、短時間でかなり呑んだのかもしれない。

昨日の晩はちゃんとコントロールしながらお酒を楽しんでいたのに、今日はどうしたのだろうか。

「あ〜、私のことは気にしないでくれっ。今日はとにかく……とにかく呑みたい気分なんだ」

「だったら俺たちはもう行くが、ムル婆たちにあんまり迷惑をかけるなよ？」

「ああ、わかってる……。わかってるから、じゃあまたっ」

サムさんの言葉に体を揺らしながらローレンスさんは応えると、小皿に置かれたチーズをポイっと口に入れ、咀嚼しながらジョッキをまた傾ける。

「おやすみ」

「おやすみなさい」

モクルさんと僕も挨拶をして、階段に向かおうと踵を返す。

「……なんで、手に入らないんだぁ」

最後に、ローレンスさんのそんな小さな独り言が耳に届いた。

ふむ。

何か欲しいものが手に入らなかったみたいだ。それで落ち込んでいるのかな？　元気になってほしいけど。

どうか、ローレンスさんが欲しいものが手に入りますように。振り向いて、俯(うつむ)いている彼の姿にそう願う。

そして一歩前に足を出して……あっ、と気づいた。

角度的に一番手前のテーブル席だったから隠れていて見逃していた。だけど食堂には他にもお客さんがいたみたいだ。

あの人が……商人の一団の方なんだろう。こちらに背を向けて座っているので顔は見えないけど、女性のようだ。

他の方は見当たらない。ピンと伸びた姿勢で黙々と一人で食事をしている。

「あれ？」

後ろで大きくまとめられたミルキーブロンドの髪。特徴的で、上品さがあるあの髪型って……。

自分の記憶の中にある姿と、目の前にある後ろ姿が綺麗に重なる。進行方向を変えて、もしかしてと思いながら足を進める。

モクルさんが「トウヤくん……？」と不思議そうに後ろから声をかけてきたが、もう立ち止まることはできなかった。

食事中の彼女のもとへ向かって、一応少し距離をとった場所から覗(のぞ)き込んでみる。その横顔に眼鏡(めがね)を発見した時、僕は自分でも驚くほど大きな声で名前を呼んでいた。

「――ノルーシャさんっ⁉」

「ひゃっ」

肩を跳ねさせ、イメージからは考えられない可愛らしい声を出した彼女。

こちらを見たその表情は、驚きでいっぱいだ。

「あ。す、すみませんっ。驚かせてしまって」

というか、それは僕の声が原因に違いない。思わぬ再会が嬉しくて、つい突然近くで叫ぶような真似をしてしまったが。

「ト、トウヤ様っ。い、いえ……」

胸に手を当て、一つ息を吐いたらノルーシャさんはキリッとした表情になる。

「トウヤ様たちも、もう到着されていたのですね。またお会いできたこと、嬉しく思います。それで、こちらへは……」

「僕たちも昨日からここでお世話になってるんです。こちらのサムさんたちがカトラさんのお知り合いで。道中再会して、おすすめしてもらいまして」

説明のついでに、サムさんたちを紹介する。近くに来てぺこりと頭を下げサムさんが、眉を上げて訊いてくる。

「なんだ、知り合いだったのか？」

「はい。前に訪れたネメシリアで商人されてるノルーシャさんです。リリーのお父さんの部下の方で……って、この説明で大丈夫でしたか？」

「問題ございません」

心配になって確認すると、ノルーシャさんは頷きながら立ち上がった。

「ノルーシャと申します。以後お見知りおきを」

サムさんたちと握手が交わされる。

「……なんだ。君は彼女とも知り合いだったのかぁ〜」

「ちょ、ちょっとローレンス、危ないよ！」

会話を聞きつけ、体を捻ってこっちを見たローレンスさんがバランスを崩し、椅子から落ちそうになったところをモクルさんが支えてあげている。

ノルーシャさんはその光景に安堵した様子を見せると、改めて僕を見た。

「トウヤ様、お嬢様方はどちらに？」

「今は部屋に。ちょうどジャックさんから連絡があって、僕たちもノルーシャさんを探さないとなぁと思っていたところだったんです。どうしましょうか、今から部屋にお連れしましょうか？

リリーたちも喜んでくれると思いますよ」

それに、せっかくだし二人を驚かせたい気持ちもある。

「では……ご挨拶よろしいでしょうか。旦那様からも、なるべく早く報告をと申しつけられておりますので」

ジャックさんとのビジネスの話については、可能な限り早くしたいということのようだ。

「じゃあ、トウヤ。またな」

「おやすみトウヤくん」

「あ。では、おやすみなさい。今日はダンジョンにも付き合ってくださってありがとうございました」

話を聞いていたサムさんたちとは、ここで別れることになる。横に揺れながら「そうだ、トウヤだトウヤだっ」とようやく名前を思い出してくれたらしいローレンスさんのことは放置の方向で決まったらしい。二人は手を挙げ、階段を上っていった。

ちらり、と僕とノルーシャさんの視線が、ほぼ同時に彼女のテーブルに置かれている料理に移る。

「申し訳ございませんっ！　考え事をしていたばかりに、あまり食事が進んでおらず……」

「いえいえ。でしたら部屋をお教えして、あとで来ていただきましょうか」

「め、滅相もございません。お待たせするのも悪いですので、このまま……」

「じゃ、じゃあ僕も待つので、食べ終わってから――」

「はい！　ではお言葉に甘えて。なるべく早く食べますので」

食い気味にそう言うと、ノルーシャさんは席に座る。本心ではしっかりと食べてから行きたかったみたいだ。お腹、減ってたのかな？

僕が隣のテーブルの壁側の席に座ると、彼女はステーキを口いっぱいに頰張ってから付け加えた。

「私、早食いには自信がありますので」

リスみたいに頰が膨らんでるけど、眼鏡の奥にある目が大真面目に言っていると伝えてくる。姿勢は相変わらず整ってるし。

間の抜けたアンバランスさに何と答えていいのかわからず、「はいっ」とこちらもキリッと返しておいた。

ノルーシャさんの言葉に嘘はなかったようで、残されていた料理はみるみるうちになくなっていった。

魔法でも使っているのかと疑いたくなるくらいの早食い。喉を詰まらせないか心配になる僕をよそに、彼女は器用に「ご心配には及びません」と途中で答えながら、フードファイターのような勢いのままペロリと完食してしまった。

細身で、スタイルも良く見えるのになぁ。本当に食べたものはどこへ消えていっているのやら。

とまあ、ある意味で楽しい観戦を終えて、ノルーシャさんを連れて食堂を後にする。

ローレンスさんはまだ呑み続けるらしい。声をかけたが、溜息交じりに小さく「おやすみ」と応えただけだった。

「私が一人で考え事をしたかった都合上、今晩は外で食事を楽しむことにしてくれましたが、今回は同行している四人の護衛はこの二部屋に二人ずつ。そしてこちらの部屋を、私が使っていたのですが……」

階段を上がり、廊下を進んでいるとノルーシャさんが自分たちの部屋の場所を教えてくれた。四人の護衛とネメシリアから来ていたのか。

って、それよりもだ。

「凄い偶然ですね。まさか僕たちが泊まることにした宿、それも隣の部屋がノルーシャさんだったなんて」

僕たちの部屋の前まで来て、背後のノルーシャさんに顔を向ける。

「はい。正直、私も驚いております。昨夜も壁ひとつ挟んだ向こうで皆様が眠っていらっしゃったとは。バタバタしていてすれ違いになっていましたが……本当に、凄い偶然ですね」

驚きの中に、僅かな興奮が垣間見える。

それも仕方のない話だ。廊下の突き当たりにある僕たちの部屋、その一つ手前がノルーシャさんの部屋だったのだから。

決して狭くはないダンジョールで、偶々決めた宿の隣室に知り合いが泊まっていたなんて。一体どんな確率なんだろう。

これは……カトラさんたちもびっくりするはずだ。我ながら子供じみてるとは思うが、わくわくしながら鍵を開けドアノブに手をかける。

「戻りましたー」

「おかえりー。トウヤ君、遅かったわね。サウナ気に入った？」

部屋に入ると、カトラさんの声が返ってきた。しかし姿は見えない。

いや、ソファーからはみ出した足が見えるから、あそこで寝転がったまま声だけで迎え入れてくれたみたいだ。

「サウナ、さいこー」

リリーも、ベッドの上にうつ伏せで脱力してるし。隣にレイを従わせて、綺麗に横並びになっている。

ダラ～ン、という音が部屋中から聞こえてきそうなダラシなさだ。

多分ダンジョンで結構歩いたから疲れているんだろうけど。よりにもよってノルーシャさんを連れてきたタイミングで、こんな感じだなんて。

気まずくて、いつもこういうわけじゃないんですと訴えかけるようにノルーシャさんを見てしまう。彼女は見てはいけないものを見てしまったような顔で、視線を逸らし眼鏡をクイッと上げていた。もう、仕方がない。

「あのー」

「ん？　どうしたの…………って、わぁっ⁉」

声をかけると、体を起こしたカトラさんが目を丸くする。ノルーシャさんの姿を見て固まっている。

なかなか次の言葉を発さないので不思議に思ったのか、リリーもごろんと横に転がって、上体だけを起こす。そして結局、カトラさんよりも先に声を出した。

「……あ、ノルーシャ」

「……お嬢様、お久しぶりです」

ちょっとだけ眉を上げたリリーに、美しいお辞儀で応えるノルーシャさん。カトラさんは未(いま)だ固まり続けている。

伸びをして、長い欠伸(あくび)をしたレイが「何事だ」と僕に顔を向けてきた。

……。

ベッドの端に僕とリリーとレイが、ソファーにノルーシャさんとカトラさんが座って話をすることになった。

僕がさっき食堂でノルーシャさんに会い、ここに連れてきた経緯を説明する。

同じ宿、それも隣室に泊まっていたという偶然に、二人も一頻り驚いた後、まず初めにカトラさんが軽く頭を下げた。

「恥ずかしい姿をお見せしてしまって……。それとネメシリアでは、大変お世話になりました。ノルーシャさんが出発される前に、最後のご挨拶ができていなかったので」

「あっ。僕からも、本当にありがとうございました！　遅くなってすみません」

そうだそうだ。驚きにかき消されて忘れていた。

ネメシリアで宿代を一部支払ってくれたりしたお礼を、再会できたら最初に言おうと思っていたのに。慌てて腰を上げ、頭を下げる。

「いえ。私のわがままでしたので、ご迷惑ではなくお喜びいただけたのでしたら良かったです」

ノルーシャさんは微笑みながら受け答えてくれる。

しばらく再会を喜び、僕たちからは特に危険もなくダンジョールに辿り着き、これからはダンジョンでの活動やその他の観光を楽しもうと思っていることを伝える。

「お仕事は、どう？」

その後リリーがそんな質問をしたが、ノルーシャさんの表情は曇り気味だった。

「この街にある工房のうち、魔道具の量産が可能な方にお声がけはしているのですが……なかなか話はまとまっておりません。食品を冷凍させる魔道具だけでなく、保冷機能付きのマジックバッグの数を揃えなければならないので、その方の工房でしか実現不可能なのではないかと思っているのです。しかし、何と申し上げれば良いのか……その、職人気質の方ゆえ同じ物を大量生産することに抵抗がおありのようでして」

「たしかに……魔道具職人は、プロとしての矜持がある方が多いですからね。量産となると、門下の方々も参加しての一大プロジェクトになるでしょうし」

カトラさんは職人さんについても知っているようだ。簡単なことではないといった様子で頷いている。

「魔道具をゼロから作れる人は少ないって前に仰っていましたけど、量産するとなるとやっぱり大変なんですか?」

しかし僕はまったくの無知なので、そう素直に疑問を投げかけてみた。

「はい。現在お話をさせていただいている工房ですと、親方と二人のお弟子さんのみがゼロからの製作が可能です」

ノルーシャさんがこっちを向いて、手を動かしながら説明してくれる。

「なので量産するとなると、お三方のみで保冷機能付きマジックバッグや冷凍の魔道具を複数作り、微細な調整などを他の門下生の方々も手伝われる形になります。門下生の数や、三人も魔道具をゼロから作れるのは、この街でそちらの工房だけになるのですが……」

職人は、作業として同じ物を繰り返し作るのを嫌がっている、と。

そんなに門下の弟子がいるものだとも思っていなかったし。魔道具職人って、体制的にも芸術家寄りの性質があるのかな。

「拒否感を示されているのは、製作ができるお三方ともなんですか？」

カトラさんが、小さく手を挙げて訊く。

「いえ。お弟子さん方は前向きに考えてくださるようになったのですが、親方からのみ了承が得られておりません。師弟の関係性上、最終的には親方の決定にお弟子さんも従われますので、話が進まず……といった状況になります」

「なるほど。あとは親方だけ、ですか」

あと一歩といったところみたいだ。

だけどそう簡単に済ませられる話というわけでもないようで、ノルーシャさんの表情は険しい。薄らと眉間に皺を寄せ、難しい顔をしている。

「仰る通りあとは親方だけ、なのですが、その親方は二度目の訪問以降お話さえ聞いていただけない状況でして。今日はお弟子さんから他の案件で親方の機嫌が悪いので帰れ、と言われてしまいました」

伏し目がちになって、彼女は溜息を吐く。

「性能上、今回は魔道具の独自開発を求めているので、複数の工房との取引は避ける方向性だったのですが……。もう少々様子を見ますが、方針を変更せざるを得ないかもしれません。お嬢様、旦那様と連絡させていただいてもよろしいでしょうか」

「……うん、これに書いて」

リリーが頷いて、枕元のデスクに置いていた『合わせ鏡のマジックブック』を持ってくる。

ノルーシャさんも、計画が順調でなくジャックさんへの報告に不甲斐なさを感じたのかもしれない。

少しの間目を閉じてからペンを取った。書く内容を決めるのに時間はいらなかったらしい。書き始めると、一度にスラスラと最後まで書き切ってしまう。

「ありがとうございました。お返事がありましたら、お伝えください」

魔力を込め記述した内容をジャックさんに送ると、リリーにマジックブックが返される。けれどリリーの腕の中に戻ったマジックブックは、すぐに光を発した。

「うん。じゃあ、はい。返事があった」

パラパラっと中を確認して、リリーがまたすぐにノルーシャさんの前に返す。

偶然、ジャックさんが近くにいたのかな？　普段から返信が早いとはいえ、今日はいくらなんでもだ。

「あっ。は、はぁ……」

ノルーシャさんだって困惑した様子で、恐る恐る光の線になって現れてくる文章を覗き込んでるし。

お仕事の話に踏み込むのは違う。

だから黙々とノルーシャさんが文章を読んだ後、もう一回だけメッセージのやり取りをし終えるまで僕たちは静かに待つことにした。

レイが膝に乗ってきたので撫でておく。

あ、毛玉ができてる。時間を見つけて手入れしてあげてるんだけどなぁ。

「カトラ様、トウヤ様」

今度こそリリーにマジックブックを返すことができたノルーシャさんに呼ばれる。

「旦那様からお二人にもメッセージがありまして。旦那様曰く『時々高空亭にも行っているが、グランたちは変わらず元気そうだ。アーズは剣の腕をメキメキ上げて、そろそろ冒険者登録をしようかと考えているらしい』とございました」

グランさんとアーズについて報告があったのか！　僕だけでなく、カトラさんとリリーも知ることができて嬉しそうにしている。

そうか。グランさんたちも元気にやってるんだな。

フストの出発前に聞いた通り、アーズは宿の手伝いがない休日に冒険者として活動ができるよう、剣の練習を始めて腕を磨いていたのか。色々とお土産になりそうなものをアイテムボックスに入れているけど、この街でも何か買ったりしたいな。

「そういえば魔道具って、一般の人でも買えるんですか？　商会とかじゃない個人でも」

ノルーシャさんに伝言の感謝を伝えた後、ふと思いつき尋ねてみる。

「もちろん。ダンジョールでは個人の家庭から飲食店などまで、直接工房から購入していますので。冒険に使える魔道具などは、冒険者の方々も多く買われているそうですよ」

「そうなんですか……ありがとうございます。だったら、魔道具を見にどこかの工房に行ったりするのはどうかな？」

リリーたちの反応を窺う。

「トウヤ、買うの？」

「かなり高いわよ？　当然物にもよるけれど、ダンジョンで順調に貯金を作っていってもなかなか買えないくらい」

ぐっ、まあたしかに。カトラさんが言うことはごもっともだ。

「今回はちょっと見てみるだけです。もちろんお値段的にも良さそうな物があったら貯金してみようかとは思いますけど……。物は買わなくても、土産話にはなると思いますし」

それと、単純に僕がいろんな魔道具を見てみたいってのもある。様々な魔法を使ってみたいという欲求と同じくらい、不思議で面白い魔道具を見たいと思っている。

「だったら、わたしも賛成」

リリーが話に乗ってくれたことで、カトラさんも続いてくれる。

「そうね。せっかく工房があるダンジョールにいるのだから、トウヤ君たちにも見せてあげたいもの。行ってみましょうか」

「では私が伺っている工房はいかがですか？　販売店に置かれている魔道具は、ダンジョール屈指の品揃えですよ。明日も伺うつもりでしたのでご案内はできますが」

さっきまでしていた難しい表情を消し、ノルーシャさんが提案してくれる。

「え、でも……僕たちが同行して大丈夫ですか？　お仕事の邪魔になるんじゃ」

「私が向かう工房と販売店は別の場所にありますので。それに旦那様とお話しして、製作していただく数を減らして依頼できないかとお話を持っていくことになりそうですので、おそらく明日はせめてもの進展は見込めるかと。ですので、ご心配には及びません」

妥協案ではあるが方向性が決まって、ひとまず気を揉まないで良くなったということらしい。

それなら、良いと言ってくれるのならお言葉に甘えてもいいのかな？

僕とリリーが目を合わせていると、こちらを見たカトラさんが少し考えてから頭を下げた。

「……では、案内をお願いできますか？」

「承知しました」

◆

翌朝。

朝ご飯を食べに食堂に下りると、サムさんたちやノルーシャさんたちが勢揃いしていた。ローレンスさんだけ姿が見えないのは、深酒の影響だろう。

それぞれが離れた席で食事をしていたけれど、流れでジャスミンさんとゴーヴァルさんにもノルーシャさんを紹介しておく。

四人の護衛の方々は女性が二人、男性が二人だ。挨拶を済ませ、僕たちはちょうど二組の間の席に座ることになった。

「トウヤたちは今日どうするの？」

サラダにフォークを刺しながら、ジャスミンさんが訊いてきたので魔道具工房に行くと伝える。

すると、どこの工房かという話になり……。

「ノルーシャ。工房の名前、おしえて」

「泉の道、という工房です」

リリーの質問にノルーシャさんが答えると、それを聞いた『飛竜』のみんなが「あー」と同時に声を発した。

長くこの街にいるから、やっぱり知ってるのかな。大きな一門なんだったら特に有名だろうし。

しかし、続くジャスミンさんの言葉は予想を裏切るものだった。

「なんだ、ゴーヴァルの工房じゃな。ゴーヴァルの友達のところじゃん」

「フレッグのやつの工房じゃな。久しく会ってないが、元気にしとるかのぉ」

「……うん？　あの、今――」

ゴーヴァルさんの友達って言った？

僕が確認しようとしていると、それよりも先に視界を横切る影が一つ。

「泉の道の工房主、フレッグ様とご友人という話は本当でしょうかっ⁉」

ノルーシャさんは水を飲もうとしていたゴーヴァルさんに詰め寄っている。席を立ったと思ったら、気づいたら一瞬で移動していた。

「あ、ああ、そうじゃぞ……？」

興奮した様子で顔を近づけてくるノルーシャさんに、ゴーヴァルさんは頷く。

「もうかなり長い付き合いになるかの。気に入っている酒場が同じなんじゃよ」

こ、これは……まさかの展開だ。何か足掛かりになるかもしれない。


昼頃、僕たちは宿を出て工房に向かうことになった。

あまり大人数で押しかけても迷惑なので、ノルーシャさんが工房を訪れる際は護衛の方々は基本的に自由行動にしているそうだ。

今日もノルーシャさん一人の案内で、ダンジョールの南の方へ行っている。

「それにしてもゴーヴァルさんが親方と知り合いだったなんて、本当に凄い偶然よね」

今は雪が降ってはいないけれど、また晩のうちに積もった新雪でギシギシと足音が鳴る。カトラさんが今朝の出来事を振り返るように白い息を吐いた。

「ノルーシャさんと部屋が隣だったこともだけれど、奇跡って連続で起きるものなのかしら」

「でも良かったですよね。ゴーヴァルさんに紹介状を書いていただけて。あとは上手く商談が進めば……」

防寒具で着膨れした肩や、帽子を被った頭の上にレイを乗せるのは難しい。なので抱きながら僕が言うと、先頭のノルーシャさんが立ち止まった。

高級そうな黒い革製の手袋とコートを身につけているので、白い雪の中でよく目立つ。彼女は振り返ると、こちらに頭を下げた。

「ゴーヴァル様にお願いしていただき、誠にありがとうございました。皆様のおかげで、もしや、期待できるかもしれません……っ！」

「そんな、頭を下げないでください」

通行人からも見られてしまっている。すでに感謝の言葉は伝えてもらったし、と僕が慌てて制すると彼女は顔を上げて姿勢を伸ばした。

「も、申し訳ございません。では、参りましょうか」

「ノルーシャ。お仕事がんばって」

「もちろんでございます、お嬢様」

リリーに激励されたノルーシャさんは、晴れやかな表情で歩き出す。

ゴーヴァルさんが親方と友人だと知った僕たちは、かくかくしかじかとノルーシャさんが置かれている事情を説明した。

僭越（せんえつ）ながら助太刀を願えないかと僕が尋ねてみると、なんと快く親方への紹介状を一筆書いてもらうことができたのだ。

親方をよく知っているという『飛竜』の皆さんによると、ゴーヴァルさんからの話だったら親方の気分も変わるのではないかとのことだった。

だから、だろう。

紹介状を持ったノルーシャさんの足取りは軽い。

ダンジョールの南地区には、東から西に流れている川がある。そこにかけられた、雪で滑りやすくなった石造りの橋を渡っていく。

「……まっしろ」

「あっ、ほんとだ」

リリーの声に釣られて見ると、川が綺麗に凍って雪で一面が白くなっていた。

雪が川を隠してしまってるみたいだ。そのせいもあってか、より広々と感じる。向こうのほうには小さめの橋が、中州のような地形に作られた区画に繋(つな)がっているのが見えた。

橋を渡り終え、南地区を進んでいく。

緩やかな坂に差し当たり、しばらく行くと販売店に到着したらしい。

「こちらが泉の道が経営されているお店になります」

ノルーシャさんが前で足を止めたのは、二階建てのお店だ。

外観は近所と変わらずレンガで、幅も狭くて普通の家屋にも見える。控えめな看板がかけられているだけだし、面した通りも決して広くはない。

用がある人だけが来るからかな。わざわざ街の中心地に店を構える必要がないのは。

「ノルーシャさんが行かれる工房はどちらにあるんですか?」

「私は、あちらへ」

周りに工房らしき場所がなかったので訊くと、彼女は坂道の先に顔を向けた。

「え、もしかしてあそこですか?　突き当たりにある」

「はい。あちらの門が工房の入り口になります」

道の先にあったのは、大きな門だ。

「……すごい、大きい」

実家が豪邸のリリーさえ驚いているくらいだ。あの先に工房があると思うと、どんなサイズなのか気になるなぁ。

「あっ」

そんなことを思っているとノルーシャさんが声を出し、それっきり固まってしまった。

どうしたのだろう?

僕たちが顔を見ていると、坂の上からきた男性がこちらに話しかけてきた。

「こんにちは」

「どうも、お世話になっております」

ノルーシャさんが真面目な表情で、丁寧にお辞儀をする。

「今日も行かれますか?」

「はい。本日はフレッグ様にお渡ししたい物がありまして」

「そうですか……。頑張ってください! 俺はぜひとも頑張りたいと思ってますんで。本当に何の力にもなれず、すんません。親方を説得できれば良かったんですが……」

短めの赤毛に、細い眉毛(まゆげ)。ノルーシャさんと言葉を交わした男性は、続いて僕たちに目を向ける。

「それで、こちらの方々は?」

「私の知人で、販売店にご案内しに参りました」

「ほーそうですか！　俺は上の工房で魔道具を作ってるバートンって言います。俺もちょうど販売店の様子を見に来たところだったんで、ぜひともゆっくり見ていってください」

「バートン様はフレッグ様――親方の一番弟子で、この街だけでなく近隣諸国まで名の通った、大変腕利き(うでき)の職人さんです」

「へえ、まだお若いのに凄いですね！」

ノルーシャさんの説明に、僕一人だけ思わず声を上げてしまう。まだ二十代後半くらいだろうに、そんなに有名な魔道具職人さんとは。

「ははっ。若いって君はオジサンみたいなことを言うな」

「あ……す、すみません」

自分の精神年齢でものを言ってしまい、笑って誤魔化(ごまか)しておく。

「では、私は工房の方へ行って参ります」

そう言って坂を上っていくノルーシャさんとは別れ、僕たちはバートンさんと一緒に店の中に入ることになった。

レイも抱っこしていれば入店して大丈夫とのことだ。

「どうぞどうぞ」

扉を開けた先に待っていた店内は、外観からの予想に反したものだった。

「「わぁ……」」

自然と三人の感嘆の声が重なる。

狭いと思っていたけど、中に入ってみると横幅は学校の体育館くらいあった。神域で僕が暮らしていた祠みたいに、空間が拡張されているのかな。

見た目やサイズまでバラバラの物が、所狭しと棚なんかに置かれている。大きい物は地面に直置きだ。

倉庫のようだけど……これが全部、販売されている魔道具なんだろうか？

「店内は親方が開発した魔道具で、こんな広さに拡げられているんです。店自体に意識があるような感じになってるんで、おかげで盗みとか怪しい行動があったら自動で外に出されるんですよ。まさに生き物に吐き出されるみたいに」

バートンさんが誇らしげに説明してくれる。

「そんなこと、できるの……？」

「本当だよ。いつもはダメなんだけど、俺がいるから特別に。これ、ポケットに入れてみてください」

首を傾げたリリーに、バートンさんが近くにあった石のような物を渡す。

そして指示通りにリリーがポケットに入れた瞬間、彼女の体がふわりと浮かび、店の扉が開いたと思うと外に飛ばされていった。扉はリリーを吐き出すというより、プッとスイカの種みたいに形を歪めて吹き出す。

彼女の姿が外に消えると、勢いよく閉ざされる扉。ポケットに入れていたはずの石だけが、さっきまでリリーがいた場所に残って浮かんでいる。

今度は勢いよく扉が開けられ、リリーが帰ってきた。

「すごい！　こんなセキュリティー、はじめてみたっ」

め、珍しいな。心の底からの明るい表情をしている。

「ははっ、そうかそうか。うちの親方は凄いだろ！　これで店は安全。外に出された人が逃げ出したら、あとは空を飛ぶ追尾型の魔道具が追ってくれるから鉄壁さ」

石を戻したバートンさんの説明に、またしても僕たちは「ほぉ……」と声を漏らさずにいられない。

やっぱり高級品を扱っている店だから、しっかりとした対策が為されているんだな。それも魔道具店ならではの。

「コラーッ!!」

そんな会話をしていると、突然店の奥から叫びと共に、大きな音を立てながら駆け足で女性が出てきた。

木の棒を振りかぶりながら来たその女性は、ビクッと肩を跳ねさせる僕たちを見て急停止する。

「……ってなんだ、バートンだったの。もうやめてよね、びっくりさせるの」

「おう、すっすまん。こちらの方々に店の機能について説明しててな」

ふぅ、良かった。何事かと思ったけど、エプロンをかけている彼女は店員さんだったみたいだ。

バートンさんが頭を掻きながら謝罪すると、女性はにこりと笑って僕たちにお辞儀してくれる。

「ごめんなさいね。いらっしゃいませ、何かお探しですか？」

「あっ、いいえ。今日は少し魔道具を見させていただけたら、と思って伺ったんですが……大丈夫でしたか？」

申し訳なさそうにカトラさんが手を振る。

「ええ、もちろんです。ごゆっくりどうぞ。何か気になることがあったら、このバートンを付けておきますのでお訊きください」

「なっ。俺は在庫の確認に来たんだぞっ」

突然仕事を与えられたバートンさんが、女性の耳元で小さく反論する。

「だってあなたの方が詳しいでしょ、魔道具。自分で作ったのもあるんだから。私は清掃の仕事があるのよっ、だからほら頼んだからね」

「お、おいっ。……あーもう、わかったよ」

顔を近くして小声で話し合っていたが、最終的にバートンさんが僕たちと一緒に来てくれることになったみたいだ。

降参したようにバートンさんが両手を挙げる。

「それでは失礼します」

女性は手に木の棒を持ったまま頭を下げ、置かれた魔道具でできた道を通って奥に戻っていった。

「すんませんね。あいつ、うちの家内で。あっ、親方の娘でもあるんですが、親子揃ってパワフルで」

「まあっ、奥様でしたか」

残されたバートンさんの呟(つぶや)きに、カトラさんが口に手を当てる。

親しそうな関係だなとは思ったけど、たしかにご夫婦だとは驚きだ。僕たちが驚いていると、またしても店の奥の方から音が聞こえてきた。

「え、あれ……」

今度は、空中に浮かんだ布巾が頭の上に飛んできた。

僕の言葉が終わるよりも先に、それは周囲の魔道具の上に降り、手際よく流れるように拭き上げていく。

「これは店内を自動で掃除してくれる魔道具です。親方が若い頃に作ったもので、今ので確か改良を加えて四作目だったかな？　水洗いもできるんですよ」

「……お嫁さん、さっき清掃の仕事があるって」

みんなで空中を飛び回る布巾を目で追っていると、説明してくれたバートンさんにリリーが首を傾げる。

「き、聞こえてましたか……。あれは、その魔道具を起動させて、あとはレジのあたりでゆっくりしとくって意味だと思いますね。まったくあいつは」

やれやれと息を吐くバートンさんだが、その顔は案外嫌そうじゃない。

「と、まあ。俺もみなさんに魔道具の説明をする仕事を与えられたんで、気になることがあったら何でも訊いてください。後ろに続きますんで」

すんなりと僕たちへの仕事を引き受けてくれ、一緒に店内を回ることになった。

キュッキュッと掃除をしている布巾は一つだけでなく、全部で三つある。空中を飛び回って掃除している。

お店が怪しい人物を外に出してしまうように、ここは魔法が詰まっているように思える。

食堂などで用いられているというコンロなど街でも見る魔道具の他、冒険者が使える物もたくさんあった。

履(は)いたら足が速くなったり、ジャンプ力が上がる靴。

それにマジックバッグを応用して作られた、簡単野営セットなんかもだ。お弁当箱くらいの大きさで、上にあるボタンを押すと自動で開き、閉じられていた状態からは考えられないくらい大きく展開する。そこに焚(た)き火台や調理場所、テントまであるのでかなり便利だと思う。複数人で使うのは流石(さすが)に狭いと思うけど、一人だったらこれで完結できるはずだ。

ボタンを押してカッコよく展開していくところを見ていると、男のロマンを刺激され欲しくなってしまった。まあ……普通に高価だったので諦(あきら)めざるを得なかったが。

また二階に上がるのには階段ではなく、何もないスペースに入るだけだった。

なんとそのスペースに入った物体に浮遊の魔法を付与して、二階にふわりと勝手に移動させてくれるのだ。もちろん一階に下りる時も、思い切って空中に足を出せばゆっくりと降下していける。

これが短い時間とはいえ、空を飛んでいるみたいで一番興奮させられた。

他にも魔道具と一言で言ってもバッジ型の物で、普通の物に取り付けることで魔法効果を与えられるタイプもあった。

いろんな魔道具があるんだな、と認識を改めるきっかけにもなった。入り口でリリーがポケットに入れた石も、その類だったらしい。

結局僕たちは二時間くらい滞在することになってしまった。

しかしバートンさんは最後まで嫌な顔ひとつせず、質問をすると情熱的に語りながら付き合ってくれたのだった。

「すみません、こんなに長く」

店を出てカトラさんが頭を下げる。

「いやっ、気にしないでください！　俺も魔道具の話を聞いてもらえて楽しかったですから」

にこやかに首を振るバートンさんは、続いてポンと手を打つ。

「そうだ。露天温泉には行かれましたか？」

「お、温泉……!?　あるんですかっ？」

想像もしていなかった単語だ。突然の温泉情報に僕が食いつくと、バートンさんは嬉しそうに続ける。

「ここから少し行った所にあるんですよ。昔から利用されてたんですが、数年前から俺たちが作った魔道具でより快適にしてですね。水着があれば入れるんでぜひ行ってみてください。気持ちいいですよ！　……あ、この時季のダンジョールでも、温泉で水着は売ってますんで」

「か、カトラさん。リリー。行こうっ!!」

雪景色を見ながらの露天温泉なんて、聞いたからには行かないわけにはいかない。

「トウヤ君、そんなに温泉が好きなの？　たしかに私が前に来ていた時にも話は聞いていたけれど、冬場は狭い範囲しか温かくないからって断念したのよねぇ」

「なら、今からいこう」

目を輝かせながらガッツポーズで呼びかけると、リリーが賛同してくれた。

カトラさんも以前ダンジョールを訪れた際に入ってはいないらしい。

「ここを下って最初の角を右に曲がって……」

と、バートンさんが道のりを教えてくれる。

店に買い物をしに来たわけでもない僕たちにここまでしてくれるなんて、有り難い。

「色々と説明していただけて楽しかったです。ありがとうございました」

「魔道具をお求めの際は、ぜひうちに。ノルーシャさんにもよろしくお伝えください」

最後にカトラさんやリリーに続いて僕も感謝を述べると、彼は冗談っぽく売り込んでから、深くお辞儀してくれる。

そして僕たちの姿が見えなくなるまで、店の前で見送ってくれたのだった。


水が流れる音。もくもくと上がる湯煙。

周囲には雪が積もっていて、下の方に見える屋根の数々は綺麗に真っ白に染まっている。

バートンさんに教えてもらった温泉は、坂の途中の分岐点を東に行き、また少し登った先にあった。

今日、来る時に見た川は凍っていたのに、温泉が下に流れていく小川は生き生きと流れている。

「あぁ……気持ちいいですねぇ……」

「景色も良いし、こんなに綺麗な施設が作られていただなんて。レイちゃんも一緒に入れて良かったわね」

岩で作られた露天風呂は、段々畑のような形でいくつにも分かれている。僕が先端に行って岩に乗せた腕に顎をついていると、隣でカトラさんも幸せそうな息を漏らす。

水着を着て入る温泉だから男女共用だ。僕たちはネメシリアで海水浴をした時に水着を手に入れていたので、その時の物をアイテムボックスから出して着用している。

たしかに、温泉の施設は思いのほかしっかりとしていたなぁ。

バートンさんが言っていたように、魔道具で全体の水温をキープし、手入れなどもしっかりと行っているようだ。清潔感に溢れている。さらに設置された魔道具のおかげで、更衣室から温泉までの道中も暖かかったし。

レイも湯桶にお湯を入れ、そこに入ることで温泉を満喫できているようだ。許可をくれた施設の方に感謝だ。

段々になった温泉の一区画ごとに、それぞれのグループが入っている感じなので近くに他の人はいない。広々と楽しめるのは最高だ。

「温泉さいこー。ときどき、また来よう」

寒さに弱いリリーは、温泉が気に入ったらしい。ぷかーっと漂いながら、うっとりとした目で言ってくる。

本当に、全身の力が抜けるというか。体が冷えていたから初めは熱く感じたお湯も、今ではちょうど良く感じる。

ふぅ……。

リリーが言った通り、絶対にまた来よっと。

みんなでまったりと癒やされていると、次第にダンジョールの街も日が傾いてきた。

高台で開けたここからだと、街も、凍った川も一望できる。

肌を刺す寒さの街を、ポカポカと温まりながら眺める。目を上に向けると空がある開放感も相まって、ちょっと贅沢(ぜいたく)すぎて悪さをしてる気分になる。

のぼせる限界まで楽しみ、温泉から上がった僕たちは施設内でキンキンに冷えた牛乳を飲んでから、しっかりと防寒具を着込んで宿に帰ることにした。

……ちなみにその晩、食堂で会ったノルーシャさんの話によると、ゴーヴァルさんの紹介状は効果があったそうだ。

親方は「うーん……考えてやらんこともない。詳しい話はまた今度だ。ゴーヴァルを呼んで席を設けよう」と言ってくれたらしい。

そして「俺が『雪妖精のかまくら』に赴く。あそこは酒もメシも旨(うま)いからな」とも。

第五章

大人たちの戦い

「よしっ、じゃあよく見ててね」

二日後。

宿の裏手にある厩舎の前で、自身の杖を掲げたジャスミンさんが声をかけてきた。

続けて、ぶつぶつと短めの詠唱。木製の杖を地面につくと、踏み固められた雪に少し刺さって音が鳴る。

「『インスタント・リフレッシュ』」

呟きと共に、彼女の周りに浮かんだのはキラキラとした星のようなものだった。多分、魔力が実体化したものだ。

……あ、あれ？

でも特に何か起こるわけでもなく、それは次第に薄くなって消えていってしまった。

「どう？　私のオリジナル魔法っ」

しかし、自信ありげに胸を張って訊いてくる。

「「「……」」」

スッと言葉が出てこない。一緒に様子を見ていたリリーやカトラさんも同じみたいだ。

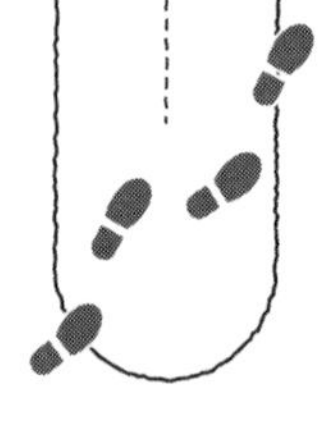

まぁリフレッシュって言っていたし、疲れが取れる魔法とかなんだろうけど。目に見えた効果が薄すぎてなんとも……。

「あっ！　今、絶対に三人とも興味が薄くなったでしょっ？　こ、これ、一応かなり画期的な魔法なんだからね！　私が頭を悩ませに悩ませて、よーうやく発明した」

「違うんです、いや違くはないかもですけど。その、いまいちどういった効果だったのかわからなくて」

ガビーンと落ち込むジャスミンさんに、慌てて声をかける。

「ご、ごめんなさい。私も……」

「効果、聞きたい」

カトラさんとリリーの言葉も受け、なんとかジャスミンさんは持ち直した。

「あ、そ、そっか。ごめんね。魔法を教えるの、昔っから下手って言われてて。パーティにも魔法の話できる人がいないから。よしっ、だったら一から説明しよう。わからないことがあったら何でも質問してくれたまえ、生徒諸君っ」

気持ちを切り替え、人差し指を立てて彼女は説明を始める。

僕たちはこの昼下がり、出会った時に約束した通り、ジャスミンさんからオリジナル魔法を伝授してもらうことになった。

レイは今、比較的暖かい厩舎の中でユードリッドといる。ゴーヴァルさんは食堂で本を読んでいて、サムさんとモクルさんはどこかへ出かけていってしまった。

「この魔法はいくつかの生活魔法と、火と水と風の一般魔法を組み合わせたものなのです。魔法陣にして保存しているから、簡単に伝授はできるはず。どっちかと言うと頭で理解するというより、体に馴染ませて覚えるって方針だね。効果は身体の浄化と疲労回復、おまけに良い匂いがつくことで……あ、そういえばこの魔法はそもそも私が学園時代にお風呂が面倒で作ったんだよね。エルフはあんまりお風呂に入らないから、学園で周りに合わせるのがしんどくて……あ、これを教えたのは同級生の数人と、これまでに知り合った冒険者二人だけで――」

　こ、これは長くなりそうだ。

　説明を始めると、ジャスミンさんは色々な方向を見ながら、忙しなく表情を変えてつらつらと話し続けている。

「あの時食べたパンは美味しかったなぁ……。特別な魔法を使ってるらしくて、私も弟子入りして短期間だけだけど学んでね。だけどやっぱり、これが師匠の味には敵わないんだよね」

　今なんか、完全に別の話題になっちゃってるし。一人の世界に入って楽しそうに早口で捲し立てている。

　まあ、とにかく魔法に関する話がしたかったという気持ちは伝わるが。

「――で、これが私のオリジナル魔法を構成している魔法陣。一人ずつ触って魔力を流してみようか！」

　あまりに楽しそうに話していたので止めることもできず聞いていると、そこそこ時間が経ってからジャスミンさんが本題に戻ってきてくれた。

ようやく終わった……。

僕がホッと息を吐くと、ポカンとした表情をしながらもアイテムボックスから取り出した本を開いて見せてくれる。

「……？　じゃあ、トウヤからいってみようか」

「あ、僕からですか？　この魔法陣っていうのを見たのが初めてで……」

今まで見てきた魔法書は詠唱の内容や、イメージの作り方を説明した物だけだ。けれど今ジャスミンさんが見せてくれているのは、自身のノートに描かれた複雑の模様のみ。

魔法陣と呼ばれているこれは初めて見るタイプだ。

魔力を流すって、触ったらいいのかな？　初めての経験に戸惑いつつ言うと、隣ではカトラさんが感嘆したように前のめりになっていた。

「凄い……こんなに複雑な魔法陣をご自身で？　専門的に魔法を勉強した方でも、ここまで複雑な魔法陣を一から構築するだなんて、なかなかできることじゃ……」

「えへっ、そうかな？　そこまで言われると、なんか照れるちゃうなっ」

照れくさそうに頬を掻くジャスミンさん。

「わたしは、魔法陣を描ける人に会うの初めて。魔法陣も、初級魔法のを見たことがあるだけ」

しかし、ジャスミンさんの凄さはかなりのもののようだ。続けてリリーも……って。

「え。リリーでも魔法陣って初級魔法のしか見たことがないのっ？」

「うん。魔法陣はそれだけレア。オリジナルの、それもこんなに複雑なのは超ーレア」

「えぇっ。じゃ、ジャスミンさん。そんなものを本当にタダで教えていただいていいんですか⁉」

リリーに教えられ、思わず強めに確認してしまう。

裕福な育ちのリリーも魔法陣との接点がそこまでないなんて。

たしかに魔力を流すことで魔法を習得できるのは、かなり便利だとは思う。だからありふれた物とは思っていなかった。

それでも、この世界でもう少しは普及している物なのかと……。

魔法陣、とりわけ今ジャスミンさんが目の前で掲げているものがそこまでの代物だったなんて。

「いいの、いいの。もちろん頑張って作った大切な魔法だから、あんまり簡単には教えたくないけどね。私がいいと思った人には、是非とも使ってほしいものなんだよ。オリジナル魔法に対する母性ってやつかな」

魔法への母性、か。まるで本当に自分の子のことのように、ジャスミンさんは慈愛の表情を見せる。

「……トウヤ、魔法は繋(つな)いでいくもの。全部、昔の人たちからの贈り物」

不意に、リリーがぽつりと呟いた。珍しい感情が強くこもったセリフだ。

僕が顔を覗(のぞ)くと、彼女は気恥ずかしそうに目を逸(そ)らす。

「……そんな、考え方もある」

「ははっ、そうだね。たしかに、その考え方が僕もしっくりくる気がするかも」

そうだ。魔法に限らない話だけど、知識は過去から積み上げられてきたものだ。その上に今、僕たちがいる。

リリーの言葉に気づきを与えられた気がする。

「まあまあ、だからね」

僕が有り難くジャスミンさんが作ったものを受け取らせてもらおうと思っていると、その張本人が手の中の本をくいっと前に出した。

「生徒諸君に、これから私の秘術を授けよう……って感じだからさ。ぜひ覚えてみて。この魔法をレイルノート魔法学園で作った過去の私も報われるよ」

「あっ、ジャスミンさんってレイルノートの生徒さんだったんですか？」

「うん。もう……年前の話だけどね。特待生として招待されたから、立場的には研究員だったけれど」

カトラさんが魔法学園の名前に反応すると、ジャスミンさんが説明をしてくれる。

何年前の話だったのかな。その部分だけ小声で聞こえなかったが。

「じゃあリリーちゃんの先輩になるのね」

「えっ」

「リリー、レイルノートの生徒さんなのっ？」

僕も知らなかった話だ。

カトラさんの言葉に僕が反応する横で、ジャスミンさんが尋ねた。

「まだ、生徒じゃない。十三歳で入学するから。……招待されるなんて、ほとんどいないのに。

ジャスミン、すごい」

「あはは、そうかなぁ？　でもそうだったんだね。これから入学かぁ……楽しいよ、レイルノートは。学園全体が魔法で溢れていて」

そうだったんだ。リリーが入学予定の魔法学園って、そのジャスミンさんが研究員だったレイルノートってところだったのか。

学園生活はかなり楽しかったのだろう。過去を思い出すジャスミンさんの表情は明るい。

でも、そうか。

レイルノート魔法学園。魔法が溢れているって、どんなところなのかなぁ。

入学……は無理かもだけど、僕もせっかくだから少し見に行きたいかも。

「まあ、というわけで。まずはトウヤから。この魔法陣に触れて、魔力を流してみて。ほんの少しでいいから」

「は、はいっ。じゃあ失礼します！」

話が逸れてしまったが、ジャスミンさんに促されて手を伸ばす。

き、緊張するなぁ。

紙にペンで書かれた模様に触れ、恐る恐る魔力を流してみると、不思議な感覚に襲われた。魔法陣が発光すると同時に、体から出した魔力が跳ね返されて戻ってくる。

戻ってきた魔力は、はっきりと自分のものとは違う。異物だ。でも決して不快感はなかった。魔力の性質が異なるだけで、すぐに体に馴染んでいっているのがわかる。

「あっ。わかったかもしれません」

カチッとピースがハマったような感覚があった。急に、今まで知らなかった魔法を理解できた気がする。

ジャスミンさんとは違って僕は杖を持ってないし、詠唱は覚えている部分しかできないけど……。

「『インスタント・リフレッシュ』」

詠唱の後、見よう見まねで発動してみる。

するとジャスミンさんが使っていた時と同じような、キラキラと輝く星が僕の周囲に現れた。ふわり、といい匂いがしてくる。

「すごいよ、トウヤっ！　魔法陣から得た情報を、こんなにすぐにものにできるなんて」

「ちゃんとできてますか？」

「うんうんっ、完璧。どうやら私の生徒は優秀だったようだね」

ジャスミンさんが胸を張って、頭をぽんぽんと撫でてくる。

そういえば、匂いだけじゃなく髪もさらさらになったような。しっかりと頭を洗って、風の生活魔法で乾かした時みたいだ。

本当にいろんな魔法が組み合わされているんだな。改めて凄い魔法だ。

こんなに便利なのに、魔力の消費量も少ないし。ジャスミンさんが試行錯誤して作ったことが手に取るようにわかった。

洗練されているから発動もしやすい。こんな魔法をゼロから作るだなんて、偉大な魔法使いだ。

「じゃあ、はい。次はリリー、いってみようかっ」

「……うんっ」

ジャスミンさんのテンションに引っ張られ、楽しそうな表情で次はリリーが魔法陣に手を伸ばすことになった。

リリーは僕と同じく一回で。カトラさんは一回だけ失敗してしまい、二回目で魔法の再現に成功した。

「三人ともすごいねっ!! トウヤとリリーは私が見てきた魔法使いの中でも、正直最上位に位置する天才だよ。カトラも、二人といるから魔法へのセンスが研ぎ澄まされてるんじゃないかな? すごい集中力だったし、私にはそう感じたけれど」

全員の習得が終わると、ジャスミンさんがそう評価してくれた。

たしかに、とカトラさんが斜め上に目を向ける。

「二人と旅を始めてから、前よりも魔法――特に魔力の操作が上手くなっていっているような……」

「でしょでしょ? 魔法って、周りの実力にも影響されるからね。繊細な魔力操作が基礎にあるものだから、近くに優れた魔法使いがいると自分も魔力操作が上手くなるんだよ」

へぇ、そんなこともあるんだ。

だったら……そういう側面でも、魔法を上達するために魔法学園に行くのは効果的なのかもしれない。

僕がふむふむと頷いていると、ジャスミンさんが素早くカトラさんの肩に手を置いた。

「だからカトラも、トウヤとリリーと一緒に頑張ってみて。二人ほどは興味がないみたいだったけど、上達すれば絶対にもっと好きになるから、魔法っ！」

「あっ、は、はい」

顔を寄せてくるジャスミンさんに、カトラさんは仰け反って固まってしまっている。長めの熱視線を受け、戸惑い気味だ。

まぁたしかに。今回だってカトラさんは、僕たちが教えてもらうからついでにって感じだったもんな。

しかし、そこは流石のカトラさん。

「……あはは、バレちゃってましたか。すみません、頑張ります！」

パッと切り替えると、頷いて応えてみせている。

彼女が小さくガッツポーズをしてみせたので、鼻息を荒くしていたジャスミンさんも満足げに顔を離していた。


考えてみれば、新しい魔法を覚えたのはかなり久しぶりのことだ。ジャスミンさんのオリジナル魔法を習得でき、主に僕とリリーがホクホクになっていると、

「戻ったぞ」

サムさんたちが外出から帰ってきた。

僕たちがいる宿の裏手に入ってきながら、手を挙げるサムさん。その横で、野菜が入った袋を抱

えているモクルさんが声をかけてくる。

「あれ、もう終わったの？　魔法の練習だから、もう少しかかると思ってたんだけど」

「それがねっ、みんな優秀で。すぐにできちゃったんだよ」

「……ん？」

むふふん、と胸を張るジャスミンさんにサムさんが首を傾げる。

「今日はジャスミンのオリジナル魔法を教えるって話だったろう。一つの魔法を教えて、すぐにできたっていうなら残りの時間は何をしていたんだ？　俺たちも用事のついでにモクルの料理用の食材を買ってたからな。予定よりも時間がかかったんだが……」

面白半分でいじるように、目を細めてジャスミンさんを見つめている。

「あ、あはは……。な、なんでだろう……」

ジャスミンさんも、わざとらしく目を逸らしてるけど。

「ごめんね。ジャスミンさんも、ジャスミンの話、普段にも増して長かったでしょ」

その二人の様子を見守りながら、小声でモクルさんに謝られる。

そんなことないと否定したいところだけど、魔法の説明の途中でかな～り脱線したことを思い出すと、僕たちは苦笑いを浮かべることしかできなかった。

それにしても、モクルさんって料理するんだ。

抱えている袋には、たくさんの食材が入っている。街に滞在している間に、趣味で料理する用の食材たちなのかな？

料理をする人と思って改めて見ると、たしかに美味しいご飯を作りそうな雰囲気があるような。今度チャンスがあったら食べさせてもらいたいところだ。

「それで、そっちの用事は?」

「ああ。約束通り今日は時間を空けてくれていた」

ジャスミンさんの問いに、ニヤリと笑ってサムさんが頷く。

三人とも嬉しそうな表情をしているが、何があったんだろう。

「そう、じゃあ……!」

「来てくれているぞ」

「――サムさん、どなたか呼んでいるの?」

カトラさんがそう質問すると、三人の笑みはより一層深くなる。

しかし、帰ってきたのは質問の答えではなかった。

「実際にその目で見た方が、説明するよりも早いはずだ。おーい、もういいぞー」

サムさんが後ろを向き、壁の角の向こうに声をかける。その声に反応して気恥ずかしそうに姿を現したのは、ウサギ耳を垂らした少女だ。

「かなり背も伸びたからね。カトラちゃん、わかる?」

誰かと思ったけど、お知り合いだったのか。

でも、モクルさんの問いかけにカトラさんは口を閉ざしている。ジーッと少女の顔を見ながら、眉根を寄せている。

「………あっ！」

しかし少女が僕たちの前まで来た時、カトラさんの顔がパァッと明るくなった。

「もしかして、リスタちゃんっ⁉」

その呼びかけに、気恥ずかしそうにしていた少女の顔が上がった。

「カトラお姉ちゃん！　久しぶりっ！」

リスタちゃんと呼ばれた少女は、勢いよくカトラさんの胸に飛び込む。

「まあ、こんなに素敵な女性になって。一瞬誰だかわからなかったわ！」

それをカトラさんが受け止めると、しばらく二人は強く抱きしめ合っていた。


食堂に移り、僕たちは蜂蜜ジュースを片手にテーブルを囲むことになった。

食堂で読書中だったゴーヴァルさんの向かいにジャスミンさんが座り、残りの六人がその近くの長テーブルにつく形だ。

レイはユードリッドと並んで寝ていたので厩舎に置いてきている。

リスタちゃんは、以前にカトラさんが冒険者としてこの街を訪れていた際に出会った少女だそうだ。

現在十五歳。前に会った時は十一歳だったらしい。

この間、成長を見てきたサムさんたちとは違って、久しぶりに再会したカトラさんには一瞬誰だかわからなくても不思議ではないだろう。身長も雰囲気も、以前とはかなり変わったそうだし。

「へぇー。リスタって昔はそんなおてんば娘だったんだ」

「もうジャスミンさん、やめてくださいー」

かつての姿を知らないジャスミンさんにからかわれ、リスタちゃんは顔を赤くしてジュースに目を落としている。ウサギ耳がピーンと立っているので、心情がわかりやすい。

「もうほんと、やんちゃでいっぱいだったのに。今はもう働いているのね」

「カトラお姉ちゃんまで……。うん、今年からギルドの酒場でね」

「今じゃ、すっかり酒場の看板娘じゃわ」

分厚い本を横に置いているゴーヴァルさんが言う。

「へぇー凄いじゃない！　今度遊びに行くわね」

「うん！　絶対、約束だからね」

カトラさんの言葉に、リスタちゃんは胸の前で拳を合わせて喜んでいる。

今日までリスタちゃんが酒場で働いていることをカトラさんに隠していた理由は、モクルさんが説明してくれた。

「みんなでダンジョンに行った時に再会させてあげられたらなって思ったんだけどね。あの日は休みだったみたいで。せっかくだから時間がある時に、サプライズにしてみようかってなったんだ」

あの日、集合時間にみなさんが少し遅れて来たのは、リスタちゃんが酒場にいるか見に行っていたからなのかな。

「このサプライズはサムの提案なんだよ。珍しいでしょっ。もうほんと、年に似合わずこういう可愛いところがあるんだから。カトラを喜ばせてあげたかったんだろうねぇ」

「ジャスミン？　今日は随分とからかってくれるじゃないか」

「うーん？　いや、別にいつものことだけどー？」

ジャスミンさんとサムさんは楽しそうに言葉を交わしている。

良い雰囲気で、僕とリリーもリスタちゃんと挨拶をして、カトラさんとの過去の話を聞かせてもらったりした。幼馴染みさんとパーティを組んでいた当時のカトラさんが、猛烈な勢いでダンジョンを踏破していき今では伝説になっていると聞いた時は、凄すぎてちょっと笑ってしまったが。

「リスタちゃん、ご両親は元気？」

「うん、二人とも相変わらずだよ。今度また、カトラお姉ちゃんも会ってあげて」

「そうね。あの時はヴァネッサと二人でたくさんお世話になったから。今度リスタちゃんがお休みの時にお邪魔するわ」

「あの、そういえばヴァネッサお姉ちゃんは？　今はトウヤくんたちと旅をしてるってことは、もうパーティは解消したの？」

そうか。

冒険者として現役だった頃だから、彼女はカトラさんと幼馴染みさん……ヴァネッサさんがその後に辿った道を知らないのか。

何気ない質問に、カトラさんの表情が少し曇ったことに気がついたのだろう。リスタちゃんは「しまった」といった表情を浮かべる。

だけどカトラさんはすぐに、いつも通りの調子で答えた。ダンジョールを去った後に、相棒だった幼馴染みのヴァネッサさんが怪我を機に冒険者を引退したこと。そして、それからギルド受付嬢を経て、この旅に同行することにしたこと。

「そうだったんだ……。また、ヴァネッサお姉ちゃんにも会いたいな。教えてもらった裁縫も、わたし結構できるようになったんだよ」

ゆっくりと、事実を受け止めるように頷いたリスタちゃんは、そう言ってからジュースを飲んだ。耳がぺたりと下がっている。

「ヴァネッサもフストにいるから、いつか会いにきたらいいじゃない。大丈夫。私たちも旅をしてきたんだから、距離は案外近いわよ？」

「……そう、だね」

カトラさんが励まし、優しく微笑みかける。

すると、まだ曇りのある表情だったが彼女は笑ってみせた。ちょっと無理をしている、そうわかるくらいの笑みだ。

だけど昔のおてんばさが窺える。奥底にある明るさが強さとして垣間見えた気がした。

「わたしも絶対に、フストに行く」

「ええ、待ってるわ。それに私も神王国を回ってフストに戻るから、ヴァネッサへの手紙があったら預かっておくわよ」

「本当⁉　ありがとう、お姉ちゃん」

リスタちゃんは、カトラさんに預ける手紙を書いておくと言い、耳を小さく動かす。よく動いて見ていて飽きない耳だ。

積もる話は他にもたくさんあるだろう。今晩はリスタちゃんもここの食堂で食事をとって帰るつもりらしい。

僕たちは日が沈む頃まで話を続け、夜ご飯を食べながらまた会話に花を咲かせることになった。

テーブルに並ぶメニューは、スノーホーンラビットという魔物の肉を使った煮込み料理に、中をくり抜いて容器として丸々カボチャを使ったグラタン等々。

厩舎から連れて帰ってきたレイもスノーホーンラビットの肉をお裾分けしてもらっている。

ちなみにカボチャのグラタンには、僕が持っているパスタを入れてもらうことになった。これは宿屋の主人かつ料理人であるダインさんと特に仲の良いゴーヴァルさんの提案によるアレンジだ。

ネメシリアでパスタを買い込んだと僕が話していたことをきっかけに、みんなが食べてみたいとなったのだった。

ダンジョール流のパスタとしてグラタンのクリーミーさとカボチャのホクホクさ、伸びるチーズが濃厚でたまらない。パスタを巻いた重いフォークを持ち上げながら、アレンジを頼んでくれたゴーヴァルさんへ深く感謝する。

流石に僕が頼むことはできなかったからなぁ。こんなに美味しいものと出合わせてくれて、ありがとうございます。

しかし、ダインさんの料理の腕も凄い。

やっぱり料理が上手いと、初見の食材でもマッチする味の系統がわかったりするんだろうか。フストに帰ったら、グランさんにもパスタ料理を作ってもらいたいな。森オーク焼きを応用したパスタとか、絶対に美味しいだろうし。

ちなみに煮込み料理に入っているスノーホーンラビットだが、リスタちゃんも幸せそうに頬張っていた。

ウサギの獣人だから、気になったりするのかなと思ったんだけど。特にそういうことはないらしい。こういう感覚的なところは、これまで獣人の方とはあまり関わってこなかったから新鮮だ。

渡したパスタは全て料理に使ってもらい、残った分はお弁当にするという名目でアイテムボックスに収納しておくことにした。

絶対にレンティア様も食べたいだろうな……と思っての行動だったけれど、案の定というか何というか、お開きとなった後、僕がサウナに一人で入っていると脳内に声が響いた。

『よしっ、一人になったようだね。トウヤ。アンタたちがさっき食べていたパスタ、アタシにも送ってくれないかい』

「待ってたんですか……。まあ、いいですけど。ちょっと待ってくださいね」

周りに人がいる時に脳内で声がすると僕が困るから、気を利かせてくれたようだ。でも、サウナでくらいゆっくりさせてくれても……。

料理を出すのは、マナー的にも一度外に出ないといけないだろうし。

『す、すまないね。下界のサウナでのマナーに疎くて。しかし我慢の限界なんだ。あの長ーく伸びるチーズを見ていたら頬が落ちそうだったんだよ』

『む、久しいな――我がお気に入りよッ!! 我にも同じ物を捧げるが良い――ッ!』

レンティア様の声を聞いていると、横入りするような形でネメステッド様の声も響いてきた。ネメシリアを出てからは、道中で一回夢の中でお会いしただけなので、かなり久しぶりだ。

「お、お久しぶりです。ネメステッド様も観察されてたんですかっ?」

『うむ。我も仕事の合間に見ていたが、今回ばかりは我慢できなかったのだ! あのチーズは、まさに悪魔的ッ。我の欲望を掻き立てる闇に他ならぬ――!!』

『ね、ネメステッド、アンタもかい……。というか、仕事の合間にトウヤを観察してるんじゃなくて、アンタの場合は仕事をサボって見てるだろう』

『なッ。なぜ……それを……』

『アンタのところで働いている天使から相談されたんだよ。最近仕事の進みが遅いってね。アヴァロンに報告しようかと思っていたところだったんだがね』

『そ、それは。やっ、やめろ!』

頭の中で、レンティア様とネメステッド様の会話が鳴り響く。

「お二人とも。今すぐにさっきのパスタを送るので、あとは僕の脳内に繋げずにお願いします……!」

脳内に響く声だけでの会話は、今までレンティア様お一人としかしてこなかった。一気にお二人の声がしてくると、サウナの気温もあり頭痛がしてきた。

ここは早めに対処してしまおうと、素早く僕はサウナを出て脱衣所でパスタをアイテムボックスから取り出し、お二人のもとへ送った。

『おお！　これだよこれ。すまないね、トウヤ。今日はうるさくしてしまって』

『感謝するぞ、我がお気に入りよ――！　では、さらばだっ』

『おいっ。待つんだよ、ネメステッド。アンタ逃げようとしても――』

『ぬぉうッ。こ、こっちに来るでない!!』

な、何してるんだろう一体。

バタバタという音だけが聞こえてくるが。

『ありがとね、今日も。すまないが失礼するよ』

レンティア様の声も、それを最後に聞こえなくなってしまった。

はぁ……。

なんだか一気に疲れた気がする。

それにしても神様たちも、チーズの引力には逆らえないのかな？　お二人揃って、いつにも増して強い熱意を感じたけれど。

嵐のように現れて消えていった神様たちの、いかにも神様たちっぽい自由さを感じながら、ぐったりと僕は再びサウナに入ることにした。

◆

次の日。

今日は午前中からダンジョンに潜りに来ている。

サムさんたちは何かお仕事が入っていたそうだ。ギルドでの打ち合わせがあるとのことだったので、僕たちは三人だけで一階層を探索していた。

「トウヤ君～。あんまり遠くまで行かないようにするのよ～！」

「は～い！」

魔物はグリーンスライムだけ。あんまり警戒する必要はないので、一人でレベル上げに勤しんでいるとついつい遠くまで来てしまっていたようだ。

声をかけてくれたカトラさんに大きく手を振る。

リリーは……カトラさんの近くでグリーンスライムを倒している。

僕だけ自由に行動しすぎたかな？　草原の一角にある林の近くまで来ちゃったけど。

まあ、今日は一箇所に固まってくれているサムさんたちもいないんだ。スライムが次々に湧いてくるわけでもないから、集まっていたら前回以上に獲物の奪い合いになるだろうし。目の届く、これくらいの距離までだったら離れていても大丈夫なはずだ。

「レイも遠くには行かないようにね」

念の為、林に入りかけていたレイにも伝えておく。茂った草の中から顔を出し「わふっ」と返事があったので、ちゃんと理解はしてくれたみたいだ。

レイもグリーンスライムを倒したり、適当に走り回ったりしている。

街の中での生活が続いているからなぁ。ダンジョンでくらいなるべく好きに行動させてあげたいけれど、しっかりと気を配っておかないと。

レイの場合は、他の冒険者に近づきすぎないようにするという意味で。

……あっ、そうこうしているとグリーンスライムがまた湧いてきた。

集中して、今回はウィンド・ブレードで倒してみる。

よし。久しぶりに使ったけど、腕は鈍ってない。

落とした魔石をアイテムボックスに収納して、次のグリーンスライムが現れるのを待つ。

やっぱりダンジョンはいいな。魔法の練習にはもってこいの環境だ。レベルアップを目指して作業的に魔物を倒すだけで、普段よりも多く魔法を使えている。

「『ウォーター・ランス』！」

次のグリーンスライムは、最近カトラさんに教えてもらった水の一般魔法で攻撃してみた。

突き出した手の先に浮かんだ水の玉が、一メートル大の槍（やり）に変化する。槍はまっすぐと飛んでいき、力強くぷにぷにしたグリーンスライムを貫いた。

うーん……。

まだまだだな。

アイテムボックス持ちだと周囲に知られても心配がないくらい強くなるためには、そして何より単純に魔法を極（きわ）めるためには、もっともっと努力が必要だ。この魔法も、練習を重ねたら威力も飛距離も伸ばせると思う。頑張ろう。

ジャスミンさんからインスタント・リフレッシュを教えてもらって、僕もいくつかの魔法を組み合わせて使ってみたいと思ったし。やがては自分でもオリジナル魔法を作ってみたりもしてみたい。

リリーやカトラさんも立派な魔法使いに違いはない。だけどそのさらに上をいくジャスミンさんに出会えたことが、僕にとって良い刺激になっているようだ。

気合いを入れ直し、グリーンスライムが湧くのを待つ。

ウォーター・ランスを微調整しながら何度か使い、昼休憩に途中でお茶をすることになった。

「トウヤ。レベル、上がった？」

「いや、まだみたい」

紅茶を飲むリリーに訊かれたので、首を振って答える。

やっぱり前回とは違ってサムさんたちがいないから、スライムの出現数が違う。

リリーよりもレベルが下の僕もまだ上がっていないんだ。彼女も今日はまだレベルアップはしていないらしい。

「このペースだとリリーちゃんは厳しいかもしれないけれど、トウヤ君だけでもレベルが上がるまでは今日は粘ってみましょうか」

カトラさんがそう言い、僕たちは休憩後も引き続きコツコツとスライムを倒すことになった。


レベルが上がるまでにはもう一踏ん張り必要だった。

無事にレベルアップを果たしたところで地上に帰る。

グリーンスライムから獲れる魔石は一つ一つが小さいけど、数が数になったから売るとそこそこの金額になった。やはり冒険者としては、このダンジョールが一番安定して多くの収入を得られる街かもしれない。

時間もあったので、リスタちゃんがいる酒場に顔を出してジュースを飲んで帰ることにした。

甘さが強いアップルソーダが、ここの名物だそうだ。僕とリリーはそれを、カトラさんはホットシードルを頼んだ。

カトラさん曰く、ホットシードルはリンゴの甘さがありながらもスッキリとしていて呑みやすいらしい。

アルコール度数も低いので、ダンジョールでは子供も呑むことがあるというホットシードル。ポカポカと体も温まるので、雪が積もるこの季節にはぴったりだろう。この世界に来てからはお酒を呑んでないけど、これだったら僕も呑んでみたい。

絶対にレンティア様もお望みだろうから、どこかで買えたらいいんだけど。

「自分のカップに入れて持って帰る人もいるから、容器があったら問題ないよ。家族分を、鍋で持ち帰る人もいるんだ」

帰り際に尋ねると、リスタちゃんがそう教えてくれた。

なので宿で呑むという名目で、人目の少ないキッチンへ特別にお邪魔してアイテムボックス内の寸胴を出す。

想像を超えるホットシードルのまとめ買いに、リスタちゃんは呆気に取られていた。

「スゴイ量だね……」

旅に出てから、今後も好きな時に食べられるようにとまとめ買いが癖づいちゃってるからなぁ。

いけない。無駄遣いはしないとは決めているけど、つい後悔がないようにとストックしてしまう。

反省はしても、美味しいものをストックすることはやめられないものだ。寸胴に並々と入れられたホットシードルを収納して、僕たちはギルドを後にした。

◆

薄暗くなってきたダンジョールの街を歩き、『雪妖精のかまくら』に帰ってきた。

あれ……?

「ジャスミンさん、何してるんですか?」

扉を開けると、階段の途中から食堂を覗く背中があった。

僕が声をかけると、振り返ったジャスミンさんがシーっと口の前で人差し指を立てる。

その指の先を、そのまま食堂に向けた。見て、ということのようだ。

仕事が終わって僕たちよりも先に帰っていたみたいだけれど、何をしてるんだろう。

僕たちが体を傾けて食堂を覗くと、一番奥の席にゴーヴァルさんとノルーシャさん、そして知らない男性が座っていた。

三人とも、やたら真剣な表情だ。

ノルーシャさんの向かい側に座る男性は作務衣を着ている。見た感じ六十代くらいで、なんと言うか……少し厳つい顔つきだ。

「あの人がゴーヴァルの友達のフレッグさん。泉の道の親方のね」

階段を下りてきたジャスミンさんが、小声でそう教えてくれる。

ああ。あの人が宿屋に足を運ぶと言っていた親方さんだったのか。たしかに、雰囲気的にも親方って言われるとしっくりくるかも。

「あれ、でも……」

カトラさんが顎に手を当て、こちらも小声で言った。

「ノルーシャさん、親方とお会いするのは明日だって言ってたわよね？」

顔を向けられ、僕とリリーが頷く。

えーっと……たしか一昨日だったかな？　ノルーシャさんと会った時に報告されたのだ。

親方との約束がまとまった。この日、この時間に宿に来るそうだと。

なのに、なんで今日来ているんだろう？

僕たちが食堂の奥に改めて目を向けると、ジャスミンさんが教えてくれた。

「作業が思ったよりも早く終わったとかで、一日前倒しで来たらしいよっ。あの人、結構気まぐれで動く人だから」

そ、そういう理由で……。

ジャスミンさんの話では、ふらっとフレッグさんが現れた時にちょうどノルーシャさんもゴーヴァルさんもいたので、そのまま三人で話を始めることになったんだとか。

テーブルに並べられた料理には、フレッグさんとゴーヴァルさんだけが手をつけている。

今はノルーシャさんが主に話しているみたいだ。頑張れ、ノルーシャさん。予定よりも早く、いきなり始まった商談だろうけど無事に成功してほしいな。

「……サムと、モクルは？」

「あー。二人なら部屋でゆっくりしてると思うよ」

ジャスミンさんだけが商談の様子をこっそりと見ていたことが気になったのだろう。

リリーが訊くと、ジャスミンさんは階段の上に目を向ける。

「サムには私も部屋にいろって言われたんだけどね。暇だし、サウナにでも入ろうかなって」

右手に持ってる袋を持ち上げて見せてくれる。きっと中にはタオルなんかが入っているのだろう。

「だけど、あそこの席で真面目（まじめ）に話してるから、なんだか通るに通れなくてね……。様子を窺ってたら、みんなに見つかっちゃった」

てへっ、と笑うジャスミンさん。気を遣って通れなかっただけで、別にこっそり覗き見していたわけじゃなかったんだ……。

僕とリリーがノリ良く転（こ）けそうになっていると、ノルーシャさんたちの様子を見ていたカトラさんが「あら」と声を上げた。

釣られて僕たちも見ると、ノルーシャさんたちの席に、宿の女将（おかみ）であるムルさんがお酒を運んできている。

ショットグラスが三つ。

「あれ、もう話が終わったんですかね？」

「いえ、なんだかそういう雰囲気には……」

僕の言葉にカトラさんが首を振る。

たしかに、みなさんお酒が運ばれてきたというのに真面目な表情のままだ。ゴーヴァルさんと、その飲み仲間だというフレッグさんなんて絶対お酒好きに違いないのに。

というか、ショットって……。

「えっ。な、なに？　どういうことっ」

ジャスミンさんが声を震わせたと思ったら、またしても厨房(ちゅうぼう)の方からムルさんが登場した。

その手に持つトレーの上には、先ほどと同じく三つのショットグラスとボトルが一本。ドンッとそれらもテーブルに置かれ、これでショットグラスは計六つ。

一人二杯ずつ……？

いや、なんでかわからないけど、ゴーヴァルさんが三杯をノルーシャさんの前に寄せてあげている。ノルーシャさんと、フレッグさんが三杯ずつ呑むみたいだ。

「ゴーヴァルは、何か別のを頼んでる？」

戻ろうとしているムルさんに、ゴーヴァルさんは人差し指を立てながら何かを注文している。その様子を、ジャスミンさんは首を傾げながら注視していた。

しかし、一体どういうことなんだろう。

変わらず空気は真剣そのものだ。なのに、いきなりお酒が一人三杯ずつも運ばれてきたっていうのは。

僕たちもジャスミンさん同様に、事の成り行きがわからなすぎて思わず見入ってしまう。

そのまま階段の陰から四人で顔を出していると、注文したタンブラーを受け取ったゴーヴァルさんと不意に目が合った。

「あっ、やばっ」

ジャスミンさんだけが瞬時に顔を引っ込める。

だけど全員の姿をきっかりと見られてしまったようだ。

「ジャスミン、何しとるんじゃ。ほれ、暇だったらお主(ぬし)ら一緒にどうじゃ」

席に座ったままのゴーヴァルさんが声をかけてくる。

「一緒にって……な、何が?」

ジャスミンさんがゆっくりと、けれど興味ありげに顔を出す。ほれほれと手招きされるので、僕たちもお邪魔してみることにした。

……。

「え。依頼をお受けいただけるかは、今からする呑みくらべで決まることになったんですかっ?」

ノルーシャさんたちから何が起こっているのか説明された後、カトラさんが言った。

「そうじゃ。フレッグのやつがそう言っての。だから儂(わし)だけというのもなんじゃし、お主らも一緒に観戦せんか」

ゴーヴァルさんの言葉を聞きながら、ひとまず僕たちは隣の席に座ることにする。

にしても、呑みくらべで商談を決めるって……。

テーブルに置かれたショットグラスに入っているのは蒸留酒らしい。この世界のものはそこまでアルコール度数が高くはないだろうけど、体に良くないだろうに。

「俺ァ依頼を受けるのは別に構わねえんだ。ゴーヴァルに頼まれちゃ断れねえ。だが、この嬢ちゃんを信頼できるかは酒を呑み交わさねえとな。だから一つ勝負することにしたんだ」

僕が心配していると、フレッグさんが腕を組みながら話した。

目を閉じ、眉間に皺寄せているからちょっと怖いなぁ。変な緊張が漂っている。

フレッグさんは目を開けると、僕たちを見た。

「それで、君たちは？」

「……ネメシリアでの、知り合い。わたしたちもここに泊まってる」

そう答えたのはリリーだ。

彼女は、ちらっとノルーシャさんと視線を合わせている。面倒だから本当の関係性は伏せておくことにしたようだ。

「そうか。よろしくな、俺はフレッグだ」

「……リリー」

「トウヤです」

「カトラと申します」

「せっかくだ。君たちとジャスミンの嬢ちゃんも、依頼については耳にしているようだしな。ぜひ観戦していってくれや」

「そうね、なんだか面白そうだしっ。私たちも応援させてもらいましょ」

ゴーヴァルさんが頼んでくれたジュースを飲んで、ジャスミンさんが頷く。

「俺ァ負ける気はしねえしな。あれだったら、この嬢ちゃんたちが加勢してもらっても構わないが」

フレッグさんは、ノルーシャさんに尋ねる。

「私も自信がありますので……と言いたいところですが、ハンデをいただけるのでしたら心強いです。この勝負、必ず負けられませんので。もしもの場合のみ、カトラ様とジャスミン様にもご助力いただいてもよろしいでしょうか」

「え、私だったら問題ありませんけど……。私もお酒は好きなので」

協力者として誘われたカトラさんは嬉しそうだ。

かなりお酒好きだからな。単に呑めることが嬉しいのかもしれない。

一方でジャスミンさんは答えを言い淀んでいる。

「あー……私は……」

「儂も見届け人として介入せんことになっとるからの。ジャスミンはやめておけ」

ゴーヴァルさんに言われ、どうするか決めたみたいだ。

「そうだね。申し訳ないけど勝負は二人に任せて、本当にヤバくなったら協力しようかな……くらいの感じでいかせてもらうかな」

あはは……と笑いつつ、積極的な参戦は辞退している。

しかし呑みくらべって、本当に大丈夫なのかな。フレッグさんは見るからにお酒に強そうだ。カトラさんは結構いい線までいくだろうけど、ノルーシャさんはどれくらい呑めるんだろうか。

「では、カトラ様。よろしくお願いいたします」

「ええ。遥々ネメシリアから来たんですから、絶対に勝ちましょうね」

二人の目には、早速燃え上がる炎が浮かんでいる。

ガッツポーズをしてみせるカトラさんに、ノルーシャさんは力強く頷き返した。

「よし。じゃあ始めようじゃねえか」

フレッグさんがショットグラスに手を伸ばす。

ノルーシャさんもグラスを持つと、タンブラーを傾け先におつまみと一緒に呑んでいたゴーヴァルさんが開戦の合図を出した。

「では、始めるぞ？　……まずは一杯目！」

お互いにショットグラスに口をつけ、一気に呷る。勢いよくテーブルにつけられた空のグラスが、小気味の良い音を鳴らす。

「ぷはぁ～良い酒入れてんな、女将さん」

「……ふぅ」

フレッグさんは幸せそうにニヤリと笑い、ノルーシャさんは静かに息を吐く。

「次、二杯目！」

ゴーヴァルさんの合図で、今度はカトラさんがフレッグさんと同時にショットを呑み干した。

ノルーシャさんとカトラさんは交互に呑むことにしたらしい。

「まあ、これ美味しいわね……っ」

やっぱり、カトラさんは完全にお酒を楽しんでいる。

主にリリーにだが、いつも呑み過ぎを僕たちに注意されているからな。ノルーシャさんの大事な仕事に関することとはいえ、これは良いチャンスって思ってるんじゃ……。

僕とリリーがジュースに口をつけながらジーッと見ると、彼女は気まずそうに目を逸らした。

「の、ノルーシャさんの力になれるよう、しっかり頑張らないといけないわね！」

なんか、言い訳してるけど。

「ガンガンゆくぞ。ほれ、三杯目じゃ」

テンポ良くゴーヴァルさんは合図を出す。

次はフレッグさんとノルーシャさんが。その次はフレッグさんとカトラさんが。

さらに対決は五杯目、六杯目と続いていく。

「すごいね、みんなっ。まだまだいけそうじゃん！」

一緒に観戦しているジャスミンさんが、拳を握って熱くなっている。いけいけーという彼女の応援に押され、空になったグラスにボトルからお酒が注がれる。

勝負は七杯目へと入っていた。

「たしかに、みなさん本当にお強いですね」

ノルーシャさんも、カトラさんに劣らない酒豪だったようだ。真っ直ぐに伸びた姿勢のまま、今もグイッとショットを空にしている。

「……でも、親方も全然酔ってない。カトラちゃんたちの二倍呑んでるのに」

僕の言葉を聞いて、リリーがテーブルに肘をついた。

「これは強敵だねっ」

ジャスミンさんも、掛けてもいないメガネをクイっとさせたりしているし。

さっきまで僕の膝の上で寝ていたレイも、テーブルに前足を乗せて戦況を見守り始めた。

……みんな、実況者のつもりなのかな。

「さぁ、どうなるんだー⁉」

ジャスミンさんの声が食堂内に響く。

リリーが言う通り、フレッグさんは二倍呑んでいるのにな。カトラさんたちと同じく、まだまだ平気そうだ。

戦況に変化があったのは九杯目、ノルーシャさんが五杯目のショットを呑んだ時だった。

「……うぷっ。も、申し訳ありらせん。私は、もう……メそうで、す」

突然そう言うと、両手をダラリと垂らして脱力してしまった。

さっきまで平気そうだったのに……。我慢していたのか、今や目の焦点が合っていない。

でも背筋は必ずピンと伸びているから凄い人だ、本当に。

「大丈夫ですかノルーシャさん。お水、飲んでください」

僕がカップに注いでおいた水を渡すと、彼女はゆっくりと口をつける。

「ありがとう……ございます」

「いえいえ。あの、もう十分酌み交わしたんじゃ……？」

やっぱり呑みくらべなんて、健康的にもよろしくないだろう。

そう訴えるが、フレッグさんがギロリとこっちを見た。こ、怖いなぁ、もう。

「俺ァまだまだ旨く呑めてるんだがな。ノルーシャの嬢ちゃんが脱落したが、もう一人の嬢ちゃんもここらで止めにするか？」

フレッグさんはニヤリ、と挑発的な笑みを浮かべる。

彼は九杯も一人で呑んでいる。

最初の頃とは違って流石に声が大きくなっている。ただ、変化はそれだけだ。

パッと見ただけでは素面(しらふ)かと思ってしまうかもしれない。

この世界のお酒でも、ショットで呑むくらいだから度数は結構あるとは思うんだけど。みんな凄いが、フレッグさんは正直化け物級だ。

「いえ、私もまだいけますよ」

挑発に乗ったカトラさんが言う。

「やるじゃねえか。ここからはテンポを上げていこうぜ。俺も久々に楽しくなってきちまった」

「ええ。そちらがダウンしないのなら」

「ふっ、言ってくれるじゃねえか」

ば、バチバチだな。

自分の戦いを急遽参戦することになったカトラさんに任せることになってしまい、ノルーシャさんは悔しそうだ。

「申し訳、ございませんカトラ様……」

「気にしないでください。私も久しぶりに燃えてきましたから」

カトラさんの横顔は、死地へ向かう騎士のように逞しい。ただ好きなお酒をたらふく呑めて、どうせ幸せなだけなんだろうけど。

やれやれ。まったく困ったものだ。

止めても止めそうにないし。

僕たちにはゴクリ、と喉を鳴らせて静観することしかできない。

「ほれ、じゃあ次いくぞ」

ゴーヴァルさんの掛け声で休む暇もなく戦いは再開した。

……そして、その結果はというと。

当初の予定では一本で終わるはずだったんだろう。しかし二人のあまりの呑みっぷりに、急遽開けられることになった二本目のボトル。それも半分くらいまで減ったその横に、カンッと二つのグラスが叩きつけられた。

「ふぅ、美味しかったわね。でも、もうお腹タプンタプン」

「俺も腹が限界だ。だがまあ、楽しかったから勝負はどうでもいいかっ！」

両者酔いよりも先に、お腹の苦しさが来て引き分けで終わった。

フレッグさんがガハハと豪快に笑う。

「いい呑みっぷりだったぜ、嬢ちゃん。ここまで俺に付いてこられた奴はゴーヴァル以来じゃねえか？」

「まあ嬉しいわ。フレッグさんも最高だったわよ」

「おう。これで、俺たちァはもう仲間だ」

酩酊してないとはいえ、しっかり酔ってはいるみたいだ。

二人は気分良さそうに立ち上がると、力強い握手を交わす。今にでも肩を組みそうな勢いだな。

ど、どんなオチなんだ……これ。

若干呆れ気味の僕とは違って、他のみんなは盛り上がっている。

「カトラちゃん、ないす」

「二人とも、気持ちがいい呑みっぷりじゃったわ。儂もようやく好きなだけ呑める。ムルさんや、いつものを一杯頼む」

「いやー熱かったねっ！　なんか、私も呑みたくなってきた」

戦いを讃え、ジャスミンさんが拍手を上げていたりもするし。

「あ、あの……。それで、商談の方は結局？」

結局どうなるのか、訊かないわけにはいかない。

盛り上がりに水を差すようで申し訳ないが、僕が手を上げて質問するとフレッグさんが重々しく頷いた。

「ノルーシャの嬢ちゃんも悪くなかったしな。それに何よりだ。カトラの嬢ちゃんもいてだが、結局勝負は引き分け。俺ァ勝ってねえ」

だから、と続く。

「ちと悩んじまったが、引き受けさせてもらおう」

最後にニコリと笑うフレッグさん。

ずっとダウンしていたノルーシャさんも、顔を上げて薄らと開いた目を向けている。

「ほ、本当ですか……っ⁉」

「ああ。工房にも、そろそろ金が足りなくなってきてたところだ」

「あ、ありがとうございましゅ。カトラ様も……うぷっ」

商談成立を喜び、立ち上がろうとしたノルーシャさんは、テーブルに手をつき俯いたまま固まってしまった。

だ、大丈夫だろうか。気持ちが悪いのかな。

トイレに行った方が……と心配していると、彼女の肩が震え始めた。

ん？

しくっしくっ、と鼻を啜る音が聞こえてくる。

その時、リリーがノルーシャさんの背中に手を置いた。

「グッジョブ、ノルーシャ。おつかれさま」

「……ぐっ。お、お嬢様……っ」

顔を上げたノルーシャさんは、鼻水を垂らしながら泣いていた。

商談の緊張が解け、そこにさらにリリーの言葉が追い討ちをしたのだろうか。いつもあんなにしっかりしているのに、ノルーシャさんは子供みたいに泣きながらリリーに抱きつく。

「うぇーんっ。よ、よがったです……！」

い、意外だな。実は泣き上戸だったらしい。

急な発覚に驚いていると、ゴーヴァルさんの声が聞こえてきた。

「こ、これ。ジャスミン、やめんか」

「えー？　別にいいじゃない、これくらい。ほら、テンション上がってきたし、私も一杯だけっ」

止めようとするゴーヴァルさんから逃げ、ジャスミンさんが残っていたショットグラスに口をつけている。

そして、グビッと呑み干した。

「お、おぬし……」

ゴーヴァルさんは絶望的な表情をしている。

その瞬間、ジャスミンさんが停止したかと思うと、いきなり小刻みに震え始めた。

「え。大丈夫――」

僕が声をかけ終わるよりも先に、ジャスミンさんが地面に崩れ落ちる。四つん這いになると、小さく「うぐっ」という音が。

あー、これは。

ゴーヴァルさんが止めていた理由がわかった気がする。

その後の展開は予想通りだった。

キラキラと嘔吐するジャスミンさんに、泣きながら頬をリリーに擦るノルーシャさん。フレッグさんとカトラさんは楽しそうに肩を組んでいる。

お酒は呑んでも呑まれるな、だな。いや、本当に。

何事もほどほどが一番だ。こんな大人にはならないように、あとでリリーに言っておこう。

カオスな状況の中、僕とゴーヴァルさんがムルさんに謝って片付けをしていると、床の端で膝を抱えているジャスミンさんが呟いた。

「……い、インスタント・リフレッシュ」

彼女の周りに星が浮かぶ。

「ご、ごめん。調子に乗って迷惑かけちゃって……」

あれ、さっきまであんなに気持ち悪そうだったのに、かなり快復している。顔色も、もうあんまり悪くないし。

「この魔法、酔いにも効くんですね」

「……う、うん。あー私って、ほんとダメな人間だ……」

頷きを返すジャスミンさんだったが、頭を抱え落ち込んでしまった。酔いも消すオリジナル魔法は、心の状態には影響を及ぼさないらしい。

ブルーなジャスミンさんの横で、カトラさんたちがワイワイと楽しそうにしている。

そんな光景がしばらく続き、フレッグさんは機嫌良く帰宅していった。

「いつでも工房に遊びにきてくれ。歓迎するぞ」

よほどカトラさんのことが気に入ったようで、最後にはこんなことまで言ってくれていた。

前にお邪魔した販売店も楽しかったけど、魔道具が実際に作られている工房か。どんな感じで作られているのかも気になるし、ぜひとも一回は行ってみたいな。


ノルーシャさんの体調が優れないので、ジャックさんへの報告は翌日になった。

午前中に僕たちの部屋を訪れたノルーシャさんは、開口一番に頭を下げた。

「昨日はご迷惑をおかけしました。カトラ様も、改めて感謝申し上げます。貴女のおかげで無事に話をまとめることができました」

「あー。い、いえ……それは良かったです」

カトラさん、もしかして昨日の記憶が曖昧なのかな？　目を逸らして流しているけど。

ノルーシャさんは『合わせ鏡のマジックブック』でジャックさんに報告を済ませる。今後は引き続きフレッグさんと詳細を詰めていくとのことだ。

報告文を書いている最中、ずっと頭を痛そうにしていたのは二日酔いのせいだろう。この日、ノルーシャさんは残りの時間を自室で過ごし、夜もあっさりした物を食べていた。

一仕事を終えて、多分ホッとしたんだろうな。食事中はいつもより表情も緩く、時々ぼうっとしていた。

ノルーシャさん、本当にお疲れさまです。

第六章

ダンジョンに選ばれる

ダンジョン二階層『巨木の森』。

太さ十メートルくらいの背の高い木々が並び、木漏れ日(こもび)に照らされている静かな場所だ。

そこまで起伏もなく、移動の難易度は一階層と同じくらい。むしろ広さに至っては少し狭いくらいなので、流れで三階層まで進む冒険者がほとんどなのだとか。

しかし、二階層からは複数の魔物が出てくる。グリーンスライムだけだった一階層とは違う。

現れる魔物の強さも上がるので、僕たちが二階層に進出する今日は『飛竜』の面々が同行してくれていた。

「問題なさそうだな。これでこの階層に湧(わ)く魔物は全部だが、何か気になる点はないか？」

フスト近郊にもいたホーンラビットを僕が魔法で倒すと、サムさんが訊いてくる。

「いえ、大丈夫そうです。リリーは……」

「わたしも、問題ない」

「そうか。まあ二人の実力的にも不安はないだろうし、カトラがいるからな。このくらいは平気だろう」

出現するという四種類の魔物を倒して回ってみたけど、たしかに実力的に心配はいらないだろう。

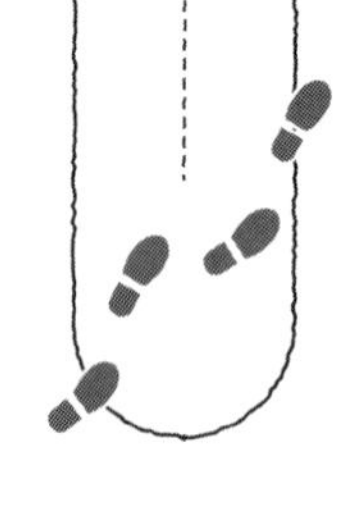

初めて見る魔物の動きを把握することも、サムさんたちがいてくれたので安心してできた。

「助かったわ。みんなも気をつけて」

一つ頷き、カトラさんが言う。

「ああ。それじゃあ、俺たちも行くか」

「また宿でね」

サムさんが振り向くと、後ろで待機していたモクルさんが手を振ってくれる。

全員、今日はフル装備だ。しっかりと武器を持ち、防具なんかも着けている。ダンジョールへの帰還途中に出会った時と同じ格好だった。

彼らは僕たちが二階層でも問題ないか見てくれた後、今日はそのまま深い階層で活動する予定なのだそうだ。

と言っても日帰りできるくらいの階層で、腕を鈍らせないために魔物と戦うだけらしい。だから、今晩も宿では一緒に食事をする約束になっている。

せっかくだからS級パーティの戦いを見てみたい気もするけど、一気に数階層も下に行くのは怖いからな。なくなく諦めた。

手を振ってサムさんたちを見送ると、カトラさんが伸びをしてから僕たちを見た。

「よしっ、私たちもそろそろいきましょうか。探索し尽くされた階層だけれど、決して危険じゃないわけではないわよ。気を抜かずに」

人差し指を振って確認される。

「はい！」

怪我をしたりするのはご免だ。しっかりと集中して、今日もレベルアップを目指して頑張ろう。

カトラさんを先頭に、僕とリリーとレイが付いていく。

そういえばここの景色ってどこかに似てるなぁとは思っていたけど、神域だ。祠を出て、フストに行くために走り抜けた森に似ている。

数十メートルの間隔で並ぶ巨大な木々に木漏れ日、この穏やかな風。あの場所から、そっくりそのまま持ってきたみたいだ。

このダンジョンもアヴァロン様が造られたそうだし神様のセンスってやつなのだろうか。

そんなことを考えながら歩いていると、木の陰から赤い目をしたキツネの魔物が出てきた。


【フォレストフォックス】

世界各地の森林地帯に生息する魔物。敵を見つけると仲間を呼び、群れで襲う。


サムさんたちがいる時に鑑定した情報によると、ホーンラビットよりも少し強いくらいだった。

でも仲間を呼ぶって書いているし、数が増えたら厄介度は比べものにならないはずだ。

「……さっきはトウヤが倒したから、次はわたし」

リリーが一歩前に出る。キリッとした横顔だ。

僕よりもレベルが高いリリーは、グリーンスライムではレベルアップしにくくなっていたからなぁ。今日ようやく二階層に来られて、普段よりも気合いが入っているのかもしれない。

「じゃあ僕たちはここで見ておきましょうか」

「そうね。リリーちゃん、手伝いが必要だったら言うのよ？」

「……うん、わかった。だから言うまでは、手助けなしで」

リリーはそれだけ言うと、魔法の詠唱に入る。

フォレストフォックスは睨みを利かせて、その鋭い爪で地面をガリッと引っ掻いた。

距離は十五メートルくらい。そんなに近くはないから遠距離魔法が得意なリリーが有利だろうけど……あ、あれ？

詠唱を終えてあとは魔法名を口にするだけでいいのに、何故か魔法を放とうとしない。

「リリー、大丈夫？」

「まさか……」

心配になって僕は声をかけたが、横のカトラさんは呆れたように目を細めるだけ。

あ。

そうこうしていると、フォレストフォックスが遠吠えをした。その声に反応して、新たに遠くから四体も駆けつけてくる。

「大変ですよ！　カトラさん、僕たちも手伝いましょう」

「いや、多分わざとよ」

「え？」

「ほら。リリーちゃん、わざとフォレストフォックスを呼び寄せたのよ」

カトラさんが言い終わると同時に、リリーが呟いた。

「……『アイス・カッター』」

高濃度の魔力が放出され、氷の刃となって飛んでいく。

シュギンッ！

回転しながら飛んでいったそれは、鋭い音を響かせながら線を描き次々とフォレストフォックス五体の首を刎ねた。

「………」

思わず、言葉を失ってしまう。

僕が固まっていると、振り返ったリリーが「ぶいっ」とピースしてくる。

「こっちのほうが、効率的」

倒したフォレストフォックスたちが淡い光になって消えていく。本気で心配したのに、なんだか損した気分だ。

「もう、リリーちゃん……？」

カトラさんが咎めるような視線を向ける。だけど僕には、引き攣った笑みを浮かべることしかできなかった。

「あ、あはは……確かに……効率的かも」

昼休憩。木の根本が穴っぽくなっている場所があったので、そこで一休みすることにした。

カトラさん曰くこの階層では、こういった場所で休憩するのが一般的なんだそうだ。中に入っていれば近くに魔物が湧くこともないらしい。

「結構集まりましたね」

今日倒した魔物から獲った魔石などを出してみると、かなりの数になっていた。

「フォレストフォックスの毛皮も、こんなに集まっちゃうなんて。リリーちゃんの作戦、というか荒技が主な要因だけれど、それにしてもかなり運が良いわ」

カトラさんが触っているのは、フォレストフォックスが一定確率でドロップする毛皮だ。魔物がアイテムをドロップする時は、その場に魔石と一緒に残る感じだった。

今のところ入手した毛皮は四つ。

これは凄い数みたいだ。

「レベルも上がったし、ドロップアイテムもゲット。最高の作戦」

「だからってわざわざ遠くから相手の気を引いて、少しでも多く一度に集めようとするのは感心しないわよ？」

「倒せるから、心配はいらない」

注意されたリリーは気まずそうに顔を逸らす。一応後ろめたさがあるにはあるんだ……。

カトラさんが言うようにリリーは途中からわざと遠くにいるフォレストフォックスを選び、その近くに魔法を飛ばして敵として認識させ、吠えながら距離を走らせることで少しでも多くの仲間を呼び寄せさせていた。

命知らずというか、効率重視というか。まあカトラさんや僕もいるから、万が一にも危険はないと判断しての行動だとは思うけど。

おかげでレベルは上がったようだ。僕もレベルアップしたし、二階層の魔物はやっぱり違うな。倒すことで得られる経験値のようなものが、スライムとは比べものにならない気がする。

さっきこっそりと確認したステータスはこんな感じ。

【レベル】5
【攻　撃】3350
【耐　久】3350
【俊　敏】3325
【知　性】53
【魔　力】5125

数値の伸びが鈍化していたけど、もうレベルも5になったし仕方がないか。

数値で成長が実感できることで、モチベーションを高く維持できていることに変わりはない。

「いっぱい魔物を倒したら、お金もいっぱい稼げる」

顔を逸らしていたリリーがカトラさんを見る。

「美味しいごはんも、お酒も、お金が必要でしょ？」

「そ、それは……」

言葉に詰まるカトラさんだったが、息を吐くと優しく微笑む。

「まあ、そうね。ダンジョンに挑戦し始めたばかりのパーティにしては、あり得ないくらい稼げているのも事実だから。引き続きたんまりと稼いでおきましょうか。もちろん、ここがまだ第二階層だから私もこう言っているだけだから、そのあたりは忘れちゃダメよ」

「……わかった」

リリーは勝った、とでもいうような表情をしている。

まあ十歳とは思えないくらい賢い子だから、ちゃんと理解はしているのだろう。

だけど、ちょっと心配だなぁ。競争心が強かったり、何気に魔法を使って魔物と戦うのが好きみたいだし。

カトラさんだけに任せず、僕も気を配っておこう。探索し尽くされた場所だと言っても、危険がないわけではない。

そう思いながら後ろにある木に背を預け直した、その時だった。

「……え？」

樹皮がベリっと音を立てて破れたかと思うと、僕は支えを失って後ろに倒れる。

「うわぁああ」

しかも下り坂になっているようで、勢いのままに足が浮き上がり、ぐるりと後転してしまった。

「ちょっ、トウヤ君……⁉」

ゴロゴロと転がり落ちていくなか、カトラさんの叫び声が聞こえる。

なんでっ、どうなってるんだ⁉

さっきまでもたれ掛かっていた場所だったのに、いきなり木の中が空洞になったのか？

いやいや、それよりも先に。まずは自分の体を守らないと。

困惑しつつも体に魔力を循環させて、ステータスの『耐久』が効力を発揮するようにする。

何回転かして、僕はドスンッと地面に打ち付けられた。

うう……あ、危なかった……。

広い場所に出たみたいで、坂にも踏み固められたような土しかなかったから服がちょっと汚れたくらいで済んだ。

「大丈夫、トウヤ君⁉」

僕が落ちてきた木の穴から、こちらを覗(のぞ)いたカトラさんが声をかけてくる。

リリーと一緒に覗き込んでいるレイも、突然のことに「ワンっワンっ」と珍しく心配してくれているみたいだ。

「あ、はい！　怪我はないです。それに……」

ダンジョン内での出来事だ。立ち上がりながら念の為(ため)周囲を確認して、僕は答えた。

「今は近くに魔物もいなさそうです……！」

魔力を使って索敵してみたけど、反応もない。

僕の返事にホッと胸を撫で下ろし、みんなも坂を下ってこっちにくる。

「……だいじょうぶ？」

「うん、ありがとう」

靴で滑ってきたリリーに返事をしていると、カトラさんが辺りを呆然と見渡した。

「こんな場所……見たことも聞いたこともないわ」

僕たちの前に広がっているのは、薄暗い洞窟。壁に掛けられたランタンが微かに照らし、少し広くなったこの空間から三つの道が続いているのが見える。ダンジョンの中であることには違いはないだろう。

「じゃあ、ここって……」

僕が顔を見ると、カトラさんは頷いた。

「未発見エリアね。凄いわ、とっくの昔に探索し尽くされた第二階層にこんな空間が残されていただなんて……！」

キラキラと目を輝かせて、僕の手を取りブンブンと振ってくる。

「トウヤ君、大発見よ！　誰も踏み込んだことのないエリアにはお宝もたくさん眠っている。それに、地図を作ったらギルドに高額で買い取ってもらうこともできるの。それだけじゃなくて、歴史的な発見として語り継がれることも……」

「……だったら」

リリーが先に進もうとする。

「だからって、無闇に突き進んだら危険って……わかるわよね？」

カトラさんはその肩に手を置き、引き留めた。それでもリリーはまだ先に進もうとしてるけど。

「どんな魔物が出るかもわからないし、トラップが仕組まれているかもしれないのよ？　二人が行くことを私は認められないわ」

「でも、せっかくトウヤが見つけたのに。誰かに横取りされる」

ようやく足を止め、普段よりも強く反論するリリー。

その気持ちもわかるけど、カトラさんが言っていることに僕も賛成だ。誰も踏み込んでいないエリアはお宝なんかが残されている分、危険も潜んでいる。ハイリターンを求めるなら、自ずとハイリスクになるものだ。

「まあ、二階層の端っこにある木の下だからさ。入り口を塞いで帰ったら見つけられないんじゃないかな？　サムさんたちに相談して、最初は僕たちの代わりに探索してもらうのはどう？　ある程度わかってきたら、僕たちも来てみることにして」

だから、今回は僕もそう提案してみた。

納得してくれるかな。

リリーは口をへの字にして考えている。

自分たちが一番乗りで探索できないことが悔しそうだったけれど、最終的には理解してくれたみたいだ。

「わかった。それだったら、いい」

そう言って、今日は一旦(いったん)引き返すことに賛同してくれた。

薄暗い洞窟を後にして、木の下に空いた穴から外に出る。僕たちは他の木から樹皮を切り取ってきて、なるべく綺麗(きれい)に穴を隠す細工をし、地上に帰還することにした。

帰り道も魔物を倒しながら移動し、ギルドで諸々(もろもろ)を売り払って宿に戻る。

それにしても、なんであんなところに穴ができていたんだろう。最初にもたれ掛かった時、絶対に木の中は空洞じゃなかったのに。

◆

夜。『雪妖精(ゆきようせい)のかまくら』の食堂で、日が暮れてから帰ってきたサムさんたちと食事を共にすることになった。

長時間ダンジョンで活動していたのにな。四人とも疲れは全然なさそうだ。

僕が注文したメニューは煮込みハンバーグ、バゲット付き。デミグラスっぽいソースはコクがあってバゲットによく合う。

ハンバーグも、これまでこの世界では見なかったけどダンジョールでは一般的とのこと。

つなぎが少なくて肉肉しいから、かなり食べ応(ごた)えがある。ハンバーガーとかにしても絶対に美味しいだろうなぁ。チーズをたっぷりと挟んだりして。

僕がモグモグと舌鼓を打っている間、カトラさんが今日見つけた未発見エリアの話をすると、ジャスミンさんは笑いながらちょんちょんと指でつつくような動きをした。

「またまた～。カトラも可愛いところあるじゃん。今更あそこに未発見エリアがあるわけ……ない、けど……」

だけど僕たちが冗談を言っている様子でもないことに気づき、段々と真顔になっていく。

「えっ。もしかして本当なのっ？」

「はい」

固まるジャスミンさんに、首肯するカトラさん。

「…………そ、そんな」

口を開けたまま、僕とリリーも順に見られたので頷きを返す。

するといきなりニッコリと笑ってジャスミンさんが立ち上がった。

「凄い、凄いよっ!! え、本当、本当なんだよね？ じゃあトウヤが見つけたってことでしょ。なんて言ったらいいかわからないけど、もぉー最高じゃんっ！」

なんか、変なダンスを始めたけど。腕を振りながら、体をクネクネさせている。

ぜ、絶妙にダサいダンスだ。

「サムたちも、ほら！ なんでそんな冷静なのっ」

ノリノリのジャスミンさんが誘うが、他の三人は席から立ってくれない。

モクルさんが苦笑してるだけで、サムさんなんかは顎に手を当てて考え事をしている。

「そうか……。そんな空間がダンジョンに残されていたとはな。トウヤ、もう少しだけ発見した時の状況を詳しく聞かせてくれないか」

「あっ、はい」

ジャスミンさんが無視されて不満げなんですけど……。

渋々席についている彼女を横目に、当時の状況を説明する。

最初は木に体重をかけてもなんともなかったのに、改めてもたれかかると樹皮が破れ、まるで初めから空洞があったかのようになっていたことなど。

「ふむ、それはあれじゃな」

話を終えると、ゴーヴァルさんが言った。

「お主(ぬし)は所謂(いわゆる)『ダンジョンに選ばれた』んじゃろう」

「だ、ダンジョンに……？」

「そうじゃ。ダンジョンを一つの生命体として考えることもあっての。条件はわかっておらんが、ごく稀(まれ)に特定の人物が赴いた際にのみダンジョンが変動することがあるんじゃ」

「それこそ、未発見エリアの出現とかね！」

蚊帳の外にされていたジャスミンさんが、肩を入れて付け加える。

「そういう経験をする人のことを、冒険者の間では『ダンジョンに選ばれた』って言うんだよね」

「なるほど……」

たしかに、今回のこともそれに当てはまりそうだ。

ってことは僕に反応して、ダンジョンが自動で変動したのかな。それとも製作者でもあるアヴァロン様が、編集のようなことをしている結果？

レンティア様だったら何かわかるかもしれないし、今度チャンスがあったら訊いてみよう。

「ダンジョンに選ばれる人は偉業を成し遂げるとか、神に愛されてるって言われてるんだ。トウヤくんは大成するかもね」

モクルさんが微笑む。

僕が偉業を成し遂げるかはわからない、というか想像できないけど……一応レンティア様の使徒だし、「神に愛されてる」って部分はあっているのかも。まめに貢物も送ってるんだから、好いてくれているとは思いたいが。

「それで、なんだけど」

と、カトラさんが話を進める。

「第二階層とはいえ未知は未知だから。私たちが探索するのは危険だと判断して、サムさんたちに代わりをお願いしたいのよ」

「それは別に構わないが、トウヤたちもいいのか？」

「はい、僕は。せっかくですし、僕たちでも安全そうだったらギルドに報告する前に探索してみたいなぁと思いますけど」

「……わたしは、正直くやしい。でも、今回は仕方ないってわかってるから」

問いに僕とリリーが答えると、サムさんは自身の膝を叩いて言った。

「わかった。最初の様子見は、俺たちが責任を持って務めさせてもらおう。だが、後から君たちも誘うことにするよ。マップをギルドに報告することも、宝を獲ることもしない。みんなもそれでいいか？」

え、とカトラさんが目を丸くする。

サムさんに訊かれたモクルさんたちは戸惑うことなく頷いた。

「もちろん」

「久しぶりにダンジョンでワクワクできそうじゃ」

「サムもたまにはいいこと言うねっ」

そんな、本当にいいのだろうか。未発見だった場所に足を踏み入れるなんて、いくらＳ級だからと言っても危険じゃないわけではないのに。

「ダメよ、そこまでしてもらったら」

慌てて首を振るカトラさんに僕も続く。

「そうですよっ。危険だけ押し付けて、手柄を全部もらうなんてできません！」

「報酬は、必要」

リリーも気が引けたんだろう。いつもよりも強い口調で主張している。

「だったら、発見者としてギルドに報告するのはトウヤのままで、その情報量を分け合うってのは？」

ジャスミンさんが提案する。

それでもまだ僕たちの表情がイマイチだったからか、彼女は強調するようにガッツポーズをした。

「途中で倒した魔物から獲れたものは、ちゃっかり売らせてもらうからさ。私たちは自分で見つけてないのに楽しく人類未到の未発見エリアを探索して、お金まで稼げるんだからっ。ねっ?」

納得させるように「ふんっ、ふんっ、ふんっ」と順番に僕たちと目を合わせてくる。

結局、僕たちはその圧力に負け、この条件で未発見エリアの調査をお願いすることにしたのだった。

◆

次の日からサムさんたちによる探索は開始された。

ダンジョン二階層は人が少ないとはいえ、人目に気をつけながら例の場所に案内する。樹皮で綺麗に細工をしていた入り口は、誰にも触られていないようだった。

サムさんたちとは僕が転がり落ちた広い空間で別れ、あとはしばらくの間お任せすることになった。

三つに分かれた道の先がどれくらい続いているのかわからない。果たして僕たちが探索して良くなるのはいつ頃になるのか。

そもそも出現するのが二階層の通常の魔物よりも強くて、僕たちは行かない方が良いと判断されるかもしれない。

本当に何も予想がつかない。だから、僕たちはのんびりとこれまで通りの生活を送らせてもらうことになった。

と、いうわけでさらに一日後。

街で必要な物を買い、僕は自分たちの部屋で胡座をかき、試行錯誤しながら木の板の形を整えていた。

短剣を使って、形を調整していく。汚れないように敷いた布の上には、たくさんの木屑。

「……よし、これで完成かな！」

ふぅ。

思ったよりも時間がかかったが、無事にできた。

「おー」

パチパチと拍手してくれるリリー。

「お疲れ。トウヤ君、これで滑るの？」

「はい。ちゃんと靴に固定できるといいんですけど……」

カトラさんに答える。

伸びをしてから、僕は改めて六枚の木の板を見た。長めの物が二枚と、短めの物が四枚。

「スキー（?）、たのしみ」

リリーがわくわく、と両手を握る。

そう、これは……。ダンジョールに来た時から計画していたけど、ようやく作れたスキー板だ。

自分で作ったにしては結構クオリティが高い気がする。頑張ったから良く見えちゃってるだけかな？

あ、ちなみに今日はダンジョン探索はお休みだ。

サムさんたちにお願いしている手前、ちょっと申し訳ない気もする。まあ、元々毎日ダンジョンに行ってたわけでもないし、これが普通なんだけど。


今日は快晴だ。山々に切り抜かれたダンジョールの空は、雲ひとつなく青く澄んでいる。おかげで昨日まで雪が降り続いていたのに、今日は天気がいい。

僕たちは宿を出て、北に行ったところにある山の斜面まで来ていた。

防寒具はバッチリ。むしろ、せっせと斜面を登ってきたら暑くなってきたくらいだ。

「このさらに奥は牧場だったんですね」

「のどかでいい場所ねぇ……」

今まで気づかなかったが、あんなところに牧場があったんだ。

広い土地に、大きな母屋（おもや）と牛舎などが見える。

街の中とは違った一面の銀世界に日差しが反射して眩（まぶ）しい。風はひんやりと冷たいのに肌がジリジリと焼けそうな場所だ。

レイも連れてきて無力化を解いてあげているけど、真っ白な景色すぎて気を抜いたら同化して見失ってしまいそうなくらいだし。

「……はやく始めよう」

「あ、ごめん」

カトラさんと二人でまったりしていたら、リリーに急かされてしまった。

すでに僕たちの足にはスキー板。そして手にはストックがある。

ストックはまず初めに僕が自分の分を作り、あとはカトラさんが作ってくれた。リリーは……最初に自分で作ったら歪な形になって、あんまり手作業が得意じゃないみたいだったからな……。

「それじゃあ、いきましょうか。初めはゆっくりで構わないので」

二人はスキーをしたことがないそうだ。その上、板もストックも前世で買えたようなしっかりした物じゃないし、上達するには時間がかかるだろう。

僕が先頭を切り、お手本に滑り出す。

自分も久しぶりだから緊張するけど……。

おっ。

やっぱりこの体、運動神経がいいから滑りやすい。勾配がそこまで激しくないから楽々と、両足を揃えて蛇行しながら下っていく。力を込めたらここでもジャンプして回転したり、モーグル選手みたいなことができるかも。

ある程度行ったところで止まり、振り返る。

「どうです――」

二人のタジタジの姿を想像して見ると、とんでもない速さで真横をリリーが通過していった。

「ひゃっほう」

「え」

平坦（へいたん）な声音が置き去りにされている。

「これ、楽しいわね！　魔法を使ったら色々できるんじゃないかしら！」

カトラさんもプロレベルの技術で、上手に重心を移動させながら滑ってきたし。

僕のそばで板を横にして急停止する。ふわふわの雪が激しく飛ばされる。

「ほ、本当に初めてなんですよね……？」

「ん？　そうだけど……どうかした？」

「あ、いえ。二人ともスゴイなぁ、と」

二人の能力を見誤っていたかもしれない。これは器用とかのレベルを超えて恐ろしいくらいだけど。

魔物を倒したりして身体能力も高くなっているから、異世界基準で考えるべきだったのかな。

「ありがと。ほら、レイちゃんも走ってきたから行きましょうか」

カトラさんはウィンクをすると、下へ滑っていく。レイも全力疾走しているので、僕たちに付いてこられそうだし。

やっぱり全員どうかしてるよ。どれだけ経（た）っても、当たり前の感覚ってなかなか抜けないもんなんだ。

僕が斜面を下り終わる頃には、リリーとカトラさんが魔法を使って加速したり、その勢いで今度は逆に斜面を登ったりし始めていた。

「ええ……」

なんというか、僕が求めていたスキーの醍醐味は違う気もするんだけど。

「トウヤも、一緒にやろう」

「これも楽しいわよー」

リリーとカトラさんが、縦横無尽に斜面を滑りながら誘ってくる。

イメージしていたスキーとは違う。まあだけど、ここは異世界だしなぁ。考えようによっては、これはこれでありなのかもしれない。

ある種のロマンも感じるし。僕も参加することにする。

ボンッとかシュバッとか、およそスキーには似合わない魔法を放つ音が、辺りに何度も響き渡った。


「はー、楽しかったわねぇー」

スキーを楽しみ、僕たちは街の中に戻ってきた。

カトラさんだけでなくリリーも満足してくれたようだ。

「魔法スキー、さいこーだった」

スキップでもし出しそうな勢いで前を歩いている。というか「魔法スキー」って、元からあったものみたいに言ってるけど。

スキー板なんかはアイテムボックスに入れたので、手ぶらで行き来できる。それにスキーができる斜面も街からすぐ近く。実は今の環境、普通では考えられないくらいスキーに行きやすい環境だったのでは？　滑り終わった後も魔法があるから、毎回頑張って斜面を登る必要もないのだし。

なんにせよ、楽しい時間を過ごせた。二人も喜んでくれたみたいだし、レイも雪の中を走れて満足そうだ。

　良かった良かった。

「ん？　この匂い……」

　道を歩いていると、ふと良い香りが漂ってきた。

　来る時は近道を通ってまっすぐに山に向かったので、この辺りは通らなかったからな。

気になる。久しく感じていなかったけれど、なんだか懐かしいような……。

「ああ、あそこのお店ね。古くからある人気店よ」

「へぇ。何のお店なんですか？」

　カトラさんが指を差した店を見る。小さな窓の向こうには、カウンター席が奥に伸びていた。

「ふふっ、ミィソっていうオリジナル料理よ。私は前に来た時に食べたのだけれど、そういえばスープパスタに似ていたわね」

「ミィソ、聞いたことがある」

　店の前まで来て足を止めると、リリーが目を見開いた。

「昔の、有名な冒険者が考案した料理だって。ダンジョールに行ったら、絶対に食べるべきってパパが言ってた」

なるほど、かなり有名らしい。

この匂い絶対に知ってるはずなんだけどなぁ。なんだったたっけ？

程よく疲れもあって、お腹はぺこぺこ。夜までは時間もあるし、ぜひ食べていきたいところだ。

「寄っていく？」

二人が乗り気か様子を窺いながら訊いてみる。

「うん」

「そうね。せっかくだし入っちゃいましょうか」

おーやった。食い気味に返事をしてくれたリリーなんか、もうお店の扉に手をかけている。

レイには申し訳ないけど、流石にギルドの酒場とは違って普通の飲食店には入れないだろう。店の外で待っておいてもらうことにする。

無力化した姿は犬っぽいので、これまでも何度か外で待ってもらう場面もあったが今のところ問題はおきていない。僕たちだけご飯を食べに行くと、明らかにレイが拗ねている気もするけど。おやつに果物をあげたら、一応理解はしてくれた雰囲気ではあった。

「……あ」

店内に入ると、リリーが声を漏らした。

続けてカトラさんも、手前のカウンター席にいた人物に眉を上げる。

「あら、ローレンスさん」

「ずずー……ん？　やあ、君たちか」

手を挙げて挨拶(あいさつ)してくれたのは、『雪妖精のかまくら』に滞在中の高等遊民さん。

頭にタオルを巻いた店主の男性が「らっしゃい」とローレンスさんの奥の席に案内してくれる。

って、それよりもだ。

この店内の雰囲気。そして今ローレンスさんが、ずずーと音を立てながら啜(すす)っていたものって……。

僕はローレンスさんの隣に座ることになったので、こっそりと彼の前に置かれている器を見た。

「やっぱり！」

「ん、どうかしたかい？」

小声で言ったつもりだったけど、どうやら聞こえてしまっていたらしい。口元をハンカチで上品に拭き、コップを持ち上げながら首を傾(かし)げられる。

「あ、いえ。な、なんでもないです」

「……？」

不思議がられているが、今は関係ない。

そこにあったのはラーメン、それも味噌(みそ)バターラーメンだったのだ！

え、じゃあミィソって味噌ってことだったの？　なんて直球な。

それにしても店の外でした匂いの正体が、まさかバターと混じった味噌ラーメンの匂いだったなんて。気づいてみれば、それ以外には考えられないあの匂いだ。

でも、なんで味噌ラーメンなんてものが古くからの人気店としてここにあるのだろうか。リリーによると、昔に冒険者が考案したそうだけど。

もしかして、その人も僕と同じような転生者だったとか？

考えられることは色々とある。……ま、だけど今はいいや。

何しろラーメン、本当に食べたかったんだよねー。時々夢に出てくるレベルで。

久々の再会に心が躍るというものだ。だから何故ラーメンがあるかなどの話は後にして、興奮を察せられないように平静を装うことにする。

カトラさんに何を注文するか聞かれたので、僕もみんなと同じこの店の一番人気だというバターを載せた味噌ラーメンにしておいた。

「ローレンスさんはこのお店、よく来られるんですか？」

注文を終えると、一番奥に座っているカトラさんが前傾姿勢になって尋ねた。

「ここはサムに教えてもらってね。すっかりハマって、近くに来たら必ず足を運んでしまってるよ。まあ、この味ともそろそろお別れだけどね」

寂しそうにラーメンを見つめるローレンスさん。その手に持ったフォークで器用にコーンを掬い食べている。

いくらラーメンといっても、お箸は見当たらない。本来は箸立てとして使われる筒には、びっしりとフォークが入れられていた。

前に、あと少しでダンジョールを去ると言っていたからな。ここにいられる時間も、もうあまり残されていないのだろう。

そういえば……。

「探されていた物は見つかりました？」

「いいや、それがさっぱりだったよ。いろんな人に話を聞いてみたり、どうにかして手に入れられないか粘ってみたが……なかなか難しいみたいでね。この街にだったらあるかもしれないと思ったけど、僕が求めている物はそう簡単にお目にかかれなかったようだ」

はぁ、とローレンスさんは溜息を吐いている。探し物って、そんなに希少なものだったんだ。長らく滞在していたみたいなのに、それはたしかに残念だろうな。

「あと、どれくらいいる？」

水を飲んでいたリリーが訊く。

「うーん一週間くらいかな？　もう少しだけ幸運を願ってみることにするよ。これでダメだったら大人しく帰ろう」

ローレンスさんのテンションがいつもより低い。あと一週間では、あまり可能性がないと心の底では思ってしまっているのかもしれない。最近は食事時なんかに宿で会っても口数が少なかったのも、これが原因だったのかな。

「へい、お待ち！　ミィソのバター載せ三つだね」

話していると、僕たちの分ができたようだ。大将がカウンターに器を置いてくれる。

立ち上る湯気の向こうには……うん、やっぱり間違いなく味噌ラーメンだ。

脂が輝く厚切りのチャーシューに、たっぷりのコーン。ふんわりと載せられた白髪ネギの上で、バターが今にも溶けていっている。

竹は見ないからな。残念ながらメンマはないけど、仕方がない。

思わず口の中に溜まっていく唾をごくりと飲み込む。

「じゃあ、いただきましょうか」

カトラさんの言葉で僕たちも筒からフォークを取り、食べ始める。

食欲を刺激する味噌とバターの香りは、こっちの世界の人々をも魅了するらしい。カトラさんとリリーは、待ちきれないとばかりに麺を持ち上げている。

しかし、ここは一つあくまで冷静に、僕は僕なりに頂くとしよう。

「いただきます」

両手を合わせて呟き、まずは器についてきたレンゲでスープを口に運ぶ。その瞬間、雷に打たれたような衝撃を受けた。

これだ!

お、美味しすぎる。

僅かに溶け出したバターが混ざったスープ。

味は日本で食べていたものと同等……いや、洗練されていて日本の有名店とも張り合えるくらいだ。濃すぎず、薄すぎず。万人受けする完璧なバランスかもしれない。

久しぶりの味噌が、僕の日本人として『美味しい』という感覚を強烈に呼び覚ます。もう一口だけスープを飲んで、やっと麺を啜ると何かが弾けたような気がした。

それからのことは、よく覚えていない。気がつくと満足感に包まれ、目の前には空になった器があった。

まさかスープを全部飲み干してしまうとは。あとで喉が渇いて仕方がないだろうけど、これに抗える人はいないはずだ。

案の定、カトラさんとリリーも汗を掻きながら綺麗に飲み干していた。

宿に帰ったら、水をゴクゴク飲みながらまったりと過ごす。暖かい部屋の中、ソファーで横になっていたら窓の外で雪が降ってきた。

本当によく降るな。

体も寒さに慣れてきたのか、最近はあんまり凍えたりはしなくなってきている。

雪が降ると街の音が遮断されて静かになるからなぁ。僕としては雪が降っている時間が結構好きだ。

大粒の雪が次々に落ちていっている。

絨毯の上でレイと遊んでいたカトラさんとリリーも、雪が降ってきたことに気づいたらしい。でも、それが当たり前の光景になってしまったのか、すぐに窓の方から目を外して遊びを再開していた。

そんなこんなで時間は過ぎ、夜ご飯の時間がやってきた。

やっぱりと言ってはなんだけど、ラーメンを食べたので微妙な空腹具合だ。僕たちは少なめで済ませ、帰ってきたサムさんたちからダンジョンでの経過報告をしてもらう。

「先に進んだら魔物が出てきたが、あくまで浅い階層の魔物といった強さだった。今日戦った中で一番強くても、五階層くらいの魔物だったな。先に進んだ空間が広くてな。もう少し時間はかかりそうだが、このままいけばトウヤたちが来ても問題はないだろう」

そう言って、サムさんはステーキ肉にかぶりついた。

「あと数日は楽しませてもらえそうだったよね」

モクルさんも楽しそうに笑っていたので、退屈な仕事を押し付けてしまったわけではなさそうだ。

現状では僕たちが行っても問題ないようだし。早くその時が来るといいな。

サムさんたちに続いての二番手とはいえ、人類が踏み込んだことのないであろう未発見エリアの探索に期待が膨らむ。

これからも夜ご飯の席で報告をしてもらうことになり、この日は解散に。

そして就寝後、僕はレンティア様に白い空間へと呼び出された。

「それにしても、ダンジョールに味噌ラーメンがあって驚きましたよ」

「お、やっと見つけたかい。アンタが前から『ラーメンが食べたい食べたい』って言ってたからね。見つけたときにどんな反応をするか楽しみに待っていたんだがね。どうやら仕事で見逃してしまったようだ」

挨拶をしてからいつもの椅子(いす)に座り、僕がラーメンの話題を出すとレンティア様は残念そうに息を吐いた。

「そうだったんですか……。知っていたなら早く教えてくださってても良かったのに」

「まあまあ、アタシが色々と教えるだけじゃ旅がつまらなくなるだろ？」

「うーん。それはそうかもしれないですけど」

「こういう発見と驚きも、旅に欠かせない楽しみの一つじゃないか」

我ながらいいことを言ったと、紅茶を片手に深く頷いている。

「それで、ラーメンについて一つ気になることがありまして」

「ん、なんだい？」

多分、僕が知りたがっていることに気づいていたんだろう。はっきりと言葉にするんだ、といった感じで僅かに笑みを浮かべて訊かれる。

「あの、ダンジョールにある味噌ラーメンを考案したという昔の冒険者についてです。『ミィソ』という名称からしても、やっぱりその人って……」

「そうさ。アンタと同じ地球、それも日本からの転生者。さらにアタシが選んだ一代前の使徒だね」

「えっ、まったく僕と同じ……。前の使徒も日本人だったんですね」

びっくりだ。

たしか、レンティア様は百年に一人だけ使徒を持てる権利をアヴァロン様から貰ったんだっけ。

だから前の使徒がいることは当然知っていた。でも、それが僕と同じ日本人だとは今まで聞いたことがなかった。

「あれ、日本人だったことも言っていなかったか」

ただこう言ってるので、わざと隠していたというわけでもないようだ。

「聞いてませんよ。じゃあ、その方が百年前に味噌ラーメンをダンジョールで？」

「そうだね。あの子は神域を出た後、まずダンジョールの方角へ進んでね。あの街で料理を広めたり、結構自由にやっていたよ。ほら、アンタもハンバーグとかも食べただろう」

「あ、ハンバーグもその方の影響であったんですか」

言われてみると、ダンジョールでは他にもクリームシチューとかも食べていた。

あれも日本発祥の料理だった気がするし、日本人の影が見え隠れしていたのに気に留めていなかった。

レンティア様は「そうさ」と頷くと、懐かしむように遠い目をする。

「アンタと同じで初めは体は十歳で、高い身体能力も与えていたからね。こんなに元気に動き回れるのは楽しいだとか言って、ダンジョンで暴れ回っていたよ」

「前世ではお年を召した方だったんですか？」

「あーそれは、すまないね。面倒な規則があって、アタシからは個人的な情報については他の使徒には伝えられないんだ」

「あっ、そうなんですか。すみません」

元気に動けるのが久しぶりってことは、と思い尋ねてみたが回答ＮＧな質問だったらしい。

ぺこり、と頭を下げておく。

「それであの子がダンジョン攻略に熱中している時に、ダンジョンの変動を見たからね。あとでアタシも知ったんだが、数は少ないが稀にいる神聖さをまとった者が来るとダンジョンは変動するようにアヴァロンのやつが作っていたそうだ」

「神聖さ、ですか」

「ああ。使徒であるアンタたちはもちろん、何らかの使命を持った人間も特性として『神聖さ』を持っているんだ。それに反応して、ダンジョンがちょこっとね。不思議があるほど、目に見えない力を感じるだろう？　それが結果として、アタシたち神への信仰にも繋がるって算段らしいよ」

そうか。これが冒険者たちの中で言われているところの『ダンジョンに選ばれた人』の正体だったと。

高位の存在であるフェンリルのレイも、魔力に神聖さのようなものがある。この世界では非凡であることが、実際に神聖さとして感じられるようになっているのかもしれない。

「あ、そういえば……。以前にレンティア様が仰っていた、僕がダンジョンに潜ったら経験できるかもしれない面白いことって、じゃあこのダンジョンの変動のことだったんですね」

肯定するようにカップを持ち上げるレンティア様。何のことだろうと思いつつ、つい忘れかけていたがこのことだったのか。

いやぁ今日は前任の使徒さんのこととかダンジョンのこととか、今まで知らなかったことをいっぱい聞けたなぁ。満足だ。

「……で、なんだけどね」

これで近況報告は終わり。そろそろお別れかな、と思っていたらレンティア様がカップを置き、真剣な表情で手を組んだ。

そしてニッコリと笑って、一言。

「ホットシードル、忘れてないかい？」

「………………あ」

やばい。

しっかり貢物を送ってるつもりになってたけど、あれだけ完全に送り忘れてた。め、目が怖いんですけど。

「いつもアンタには世話になってるからね。あまり強く要求しすぎるのも悪いかと思って待っていたんだが。どーしてもっ。どーしてもホットシードルが気になってね」

いい笑顔で言ってるけど目だけは本気だ。

固まってしまっていた僕は覚悟を決めてテーブルに手を付き、頭を下げて額をぴたりとつけた。

「完っ全に忘れてました。すぐ、送らせていただきます！」

「いやぁ～すまないね。じゃあ今から頼むよ。今日はここでもアイテムボックスを使えるようにしておいたからさ」

「え？」

まさか、そこまで手を回してたなんて。驚きつつアイテムボックスを使ってみる。

……あ、本当に使えた。

寸胴からカップに注ぎ、「ははぁ」と従順に献上する。

ゴーヴァルさんやフレッグさんとも出会ってから、最近は一気にお酒好きが周りに増えた気がするな。カップを渡すと、レンティア様はノリノリで指を鳴らしアテを出現させている。

「ラーメンは入手していませんからね。今後もそう簡単には手に入らなさそうですし、一応お伝えしておきますけど」

このままの勢いで要求されたら大変だ。なので先手を打って伝えると、レンティア様は軽く手を振って応えた。

「ああ、ラーメンはいらないよ。アタシたちの世界でも天界ラーメンってのが広がってるからね」

「て、天界ラーメン……?」

「アタシたちは栄養摂取としての食事は必要ないから、嗜好品として楽しんでるんだがね」

神様たちもラーメンとかは手間をかけて楽しんでるんだ……。意外だな。

でも、そこまでの魅力がラーメンにないとは言い切れない部分もある。天界ラーメン、僕もいつか食べてみたいなぁ。

「天界にも美味しい食べ物、あったんですね」

「まあね。だが数も少なくて、アタシたちは食に対する探究心が足りないんだ。ラーメンも誕生から数十年。味の種類は豊富だが、進化させられる能力がなくて段々と飽きられてきているよ」

「そ、そんなことが……」

レンティア様たちが下界の食べ物を求めるのは、やっぱり神様と人間の食に対する熱量の差があるからなのかも。

そういえば。

ご機嫌にホットシードルを呑み始めたレンティア様に、訊いておきたいことがあるのだった。

「あの。話は変わりますが、ネメステッド様にいただいた称号の効果とかって本当にあるんでしょうか……？」

「あー。アイツのお気に入りだとかいう称号のことだね」

僕が尋ねると、レンティア様は空中でさっと指を振る。

ステータスウィンドウみたいなのが出てきた。こっち側からは何が書いてあるのか見えない。

だけど目を走らせて、何かを読んでいるみたいだ。

「ふむふむ……なるほどねぇ。アンタの大雑把な運命のような物を見てみたけど、近々何かキッカケぐらいはあるんじゃないかい？　確実なことは言えないが」

それ、僕の運命が書かれてるの？　レンティア様が読んでいるものについても気になるが、そうかそうか。

商売繁盛があるかもと言われつつ、流石に何も起こらないので気になりはしていたのだ。ノルーシャさんの商談成立がそれなのかなとも思ったけど、僕自身に関することだと嬉しいなと願って。

じゃあ、もう少し期待して待っていよう。

「そうですか。ありがとうございます！」

「いいや、こちらこそありがとね。このホットシードル、美味いよ」

質問に答えてくださったことの礼を言うと、レンティア様はそう返してくれた。

この気持ちのいい快活な笑顔を見ると、貢物を送る甲斐を感じられる。やっぱり、喜んでもらえるっていいな。

◆

ノルーシャさんは滞りなく話を進められたようだ。無事にフレッグさんと詳細な契約を結んだことを、マジックブックでジャックさんに報告していた。

「皆様には大変お世話になりました。明日、工房へ最後の挨拶に向かうのですが、ご一緒にどうですか？　フレッグ様も是非にと」

ペンを置くと、そんな提案があった。

「……最後？　ノルーシャ、もうすぐ帰るの？」

リリーが尋ねると、頷くノルーシャさん。

「はい。私の仕事はひとまずこれで終わりですので。あとはフレッグ様が開発、生産の作業に入っていただく形になります。都度、必要な作業は部下が派遣される形になると思います」

仕事って、大変だ。

ネメシリアに帰ってしまうのは悲しいが、これぱかりは仕方がない。

リリーが黙りこくってしまったので僕が間を繋ぐ。

「そうですか……。それは、寂しくなりますね」

「私としてもまだ滞在していたいのですが、もう十分にダンジョールでの生活を楽しみましたので。

これ以上ネメシリアを離れていますと、クーシーズ商会が心配です。ですのでお嬢様、どうぞ笑顔で」

ノルーシャさんは微笑んで、リリーの手を優しく取る。

それで迷惑をかけてはいけないと思ったのか。まだ納得のいっていない様子だったけど、リリーはこくりと頷いた。

「それじゃあ明日、私たちもご一緒させてもらいましょうか」

カトラさんが、そんなリリーの背中に手を添えて言う。

というわけで次の日。

僕たちはノルーシャさんに引き連れられて、フレッグさんの工房を見学させてもらうことになった。昼過ぎからの約束だったので、ついでにみんなで前に行った露天温泉に寄ってから行く。

……ふぅ。

まだ明るい時間帯に入る露天温泉も最高だ。

服を着てもポカポカと湯気が上がる僕たちは、前回は坂の下からしか見なかった工房へと向かった。

『工房　泉の道』

格好いい字体で削られた木の看板が、寺を思わせる大きな門にかけられている。

「おう、来たか」

門の前で待っていたフレッグさんが案内してくれるらしい。門の先には広々とした庭園が広がっている。

その先に平屋建ての横に長い母屋と、これまた大きな離れがある。

庭園で実験をしているお弟子さんたちに挨拶をして、僕たちは離れの方に案内された。

ちなみにお弟子さんたちは、つなぎを着ていることが多いようだ。離れに入った一室でも、つなぎ姿のお弟子さんたちが黙々と製図をしている。

ペンを動かして線を引いたり、何かの計算をしたり。建築家のような一面があると思ったら、研究者みたいな感じもするな。僕が知っている職業に綺麗に当てはめることはできない、完全に初めて出会った職業だ。

フレッグさんが現れると、出会う人がみんな目を輝かせながら深くお辞儀をして挨拶する。とんでもない尊敬を集めている人物だと、今更ながらに実感させられた。

ただの一見気難しそうで、お酒が大好きな人ではなかったみたいだ。

製図をしていた部屋の一番奥では、前に僕たちを販売店で案内してくれたバートンさんがいた。

「お久しぶりです。いやー良かった。親方を仕事する気にしてくださってありがとうございます」

さすが一番弟子兼、義理の息子さん。

「お前な……なんだそれは」

口を歪（ゆが）め睨まれても、「すんません」と形だけ軽く頭を下げて流している。

「それよりもほら、来てますよ」

「ん？　……おおっ」

バートンさんが後ろを見ると、そこには何かのおもちゃで遊んでいる二歳児くらいの女の子がいた。フレッグさんが声を上げると、こちらを向いて笑顔になる。

「じぃじー！」

「おおう、遊びに来ていたのかぁ……！　ほれ、抱っこしてやろう」

駆け寄ってきた少女をフレッグさんは嬉しそうに抱き上げ、頬と頬をくっつけ合っている。

お孫さんか。今やフレッグさんの顔は優しく垂れ目になり、もう別人みたいだ。あんなに威厳を感じさせる人も、やはり可愛い孫の前では無力。

一瞬だけびっくりしてしまった僕たちも、温かな光景を前に次第に顔が緩んでいく。

その後もいろんな部屋や、趣味で研究中という大きなロボットのような魔道具を見せてもらい、僕たちの工房見学は終わった。

「持って行け。土産だ」

「ええっ。い、いいんですか？」

最後にフレッグさんが片手サイズのボールをくれる。

渦のように入った線と、この魔力。魔道具に違いない。

受け取った僕が驚いて見上げていると、腕を組んだフレッグさんは気恥ずかしそうに目を逸らした。

「それが載っている物を軽量化する魔道具だ。馬車に載せたら、荷台が軽くなるはずだ。十日に一回、魔力を注いでやってくれ」

「軽量化……。ありがとうございます！」

「まあ、こんなものを！　ありがとうございます。ユードリッドの負担も減って、移動速度が上がりそうね」

「すごい。ありがと」

頭を下げて感謝を伝えると、カトラさんとリリーも興奮した声音で続く。

「おう。大事に使ってくれよ」

と、フレッグさんは言うと雑に頭を掻く。

付与タイプの魔道具かぁ。販売店で価格も見ていたので落とさないように両手で包むように持つ。

このままノルーシャさんは南地区にあるフレッグさんのおすすめの酒場に同行するらしい。僕たちは工房の門の前で別れて、宿に帰ることにした。

そういえば、ノルーシャさんと一緒に来ている護衛の方々のうち、お一方はクーシーズ商会の従業員だった。

『彼が窓口として、しばらくは残る話になっています。またネメシリアに帰り次第、追加で従業員を派遣し連絡網を築こうかと』

電話やメールで簡単に連絡が取れない世界だ。連絡網を築き文書を可能な限り早く届けられるようにしたりと、ちゃんと計画が練られていたそうだ。

晩はこの日もサムさんたちからの経過報告を聞き、マッピング中の地図を見せてもらったりする。

そして翌朝、ノルーシャさん一行は休む暇もなくダンジョールを出発したのだった。

「皆様お元気で。またお会いしましょう」

馬車に乗った旅装の彼女たちを、宿の前で見送る。

街に来た時に聞いた通り、裏手にある厩舎から馬車を出す時は大変そうだったけど、道に出てしまえば問題なく進めている。

旅に出る人を見送るって、こんな気持ちだったんだな。今まで見送られてばかりだったので、残される側はなんだか慣れない。

無事の到着を祈り、姿が見えなくなるまで僕たちは手を振っていた。

ノルーシャさんたちが行ってしまうと、突然妙に静かになったように感じる。

「……じゃ、部屋に戻って二度寝でもしましょうか」

カトラさんがそう言って、僕たちは宿の中に入ることにした。

神の使いでのんびり異世界旅行
～最強の体でスローライフ。
魔法を楽しんで自由に生きていく！～

第七章　やったね!!　商売繁盛

次の日。

昼過ぎに許可をもらって宿の裏手で焚き火を起こし、白い息を吐きながら作った焼きリンゴを食べていると……。

「あ、いたいた。なに、この美味しそうな匂いっ」

ダンジョンに行っているはずのジャスミンさんが現れた。

「あら、今日はもうお帰りに？」

「まあね。早く報告したいことがあって、私だけ走って帰ってきちゃった」

カトラさんの問いかけに答えながら、僕たちの横にしゃがむ。

「焼きリンゴを食べてるんです。せっかくなのでどうぞ」

「わっ、ありがとうトウヤ！　めちゃくちゃ美味しそうじゃん」

アイテムボックスから椅子も出し、ジャスミンさんにお裾分けをする。ムルさんから分けてもらったリンゴをじっくり焼いて、自作したミルクアイスを載せたものだ。

火を通すことでリンゴの甘さが強くなっているので、さっぱりめのアイスがよく合っている。

そもそも、温かいものと冷たいものって一緒に食べるとそれだけで美味しいからな。デザートにおいては絶対的な正義だ。

「んー‼　美味っしい～」

ぱくり、とフォークを口に刺したままジャスミンさんが頰に手を当てている。

元々はノルーシャさんが帰ってしまい、落ち込み気味だったリリーを励ますために考えたことだったけど。甘いものを食べて普段くらいまでには戻ったリリー以上に、ジャスミンさんが幸せそうだ。目をうるうると輝かせている。

「それで、報告って一体……」

そんな様子に苦笑して、カトラさんが尋ねる。

バクバクと凄い勢いで焼きリンゴを頰張っていたジャスミンさんは、その手を止めると意味ありげに口角を上げた。

「ふふーん。なんと、トウヤが見つけた未発見エリアのマッピングが終わりました！」

おぉ。も、もうっ？

もちろん心の中ではびっくりしたけど、僕たちは上手く反応できなかった。

あの、ジャスミンさん。胸を張ってフォークを掲げているけど、口にアイスがついてます……。

「これがこの五日間、俺たちが作成した地図だ」

サムさんがテーブルの上に手書きの地図を広げる。

ある程度簡略化はされているけど、丁寧に情報が書き込まれている。罠があった位置や、休憩に使った場所など。

ジャスミンさんに続きサムさんたちが帰ってくると、僕たちは食堂で最終報告を聞くことになった。

ローレンスさんとクーシーズ商会の従業員さんも外出中なので、他に人はいない。

女将のムルさんも「ごゆっくり」と水を置くと、気を利かせてダインさんがいる厨房奥に入って行ってくれた。

「思ったよりも空間が続いていたんですね」

地図を見ながら僕が言うと、モクルさんが頬を掻く。

「だから頑張ったんだけど、時間がかかっちゃってね」

「そんな。こんなに広い場所を調査しながら踏破しただなんて……やっぱりモクルさんたちは凄いわよ。正直『飛竜』の実力を目の当たりにしたって感じ」

カトラさんは唖然としている。

たしかに、そうだ。僕と一緒に頷いているリリーも、信じられないといった顔で四人のことを見ている。

「普通に、二階層と同じくらいの広さがあるのに」

僕たちが足を踏み入れた最初の空間から、三本の道に分かれた洞窟は左右に大きく広がり、分岐しつつも最終的に奥で一箇所に収束するみたいだ。

「儂らは触れんかったが、一番奥の空間で脆い壁を発見した。あそこから三階層へと繋がるのかも知れんの。つまり、嬢ちゃんの言う通り実質的にここは一つの階層。新たに出現した、二・五階層といったところかの」

「残念ながらお宝は見つからなかったけど、魔石は効率よく取れたよ。罠も一度解除すればもう大丈夫そうだったし、駆け出し冒険者のレベルアップにはちょうどいいかもね」

ゴーヴァルさんに続けて、ジャスミンさんがアイテムボックスから魔石を取り出して見せてくれる。

二階層の魔物よりも少しだけ大きいサイズだ。

ちょっとだけ難易度が上がりつつも、効率よく魔物と戦える場所といった感じなんだろうか。ゴーヴァルさんの言葉を借りると、まさに二・五階層。

「お宝、なし……ざんねん」

リリーはガックシと項垂れるけど、僕としては『駆け出し冒険者にちょうどいい』という情報が重要だ。

「ではそのくらいの難易度だったら、僕たちが行っても大丈夫ですかね？」

「ああ、問題はない。というより君たちの実力だったら危険を感じることはないだろう」

よし。

腕を組んで頷いたサムさんは、保護者の確認を取るみたいにカトラさんを見る。なかなか言葉がないので不安になったが、僕とリリーも見るとカトラさんは眉を上げた。

「わかったわ。善は急げって言うからね。他の人に見つからないうちに、今から出発しましょうか」

「はい！」

「……うん」

カトラさんも楽しみじゃないわけはない。明日にしてもいいのに、今日のうちに行ってしまうことにするみたいだ。

「俺たちも同行しよう」

「本当に良いの？　ジャスミンさんたちも、今帰ってこられたばかりですけど」

サムさんの提案に、カトラさんが四人の顔を見回す。

「全然平気だよ。これでもS級パーティだからね、体力は心配しないで。焼きリンゴのお礼にってことで」

ジャスミンさんはガッツポーズをして答える。やっぱり、僕たちに万が一があってはいけないと思ってくれているのだろう。

誰（だれ）も嫌な顔をしていない。本当に優しい人たちだ。

二階層からすぐの場所とはいえ、今から満足するまで探索するとなると時間がかかる。準備を整え、僕たちは帰りが遅くなるかもしれないとムルさんに伝えてから宿を出発した。

◆

ダンジョン二・五階層（仮）。名称未定。

入り口は以前と変わらず樹皮で隠されていた。坂を下って広々とした空間に出る。

サムさんたちが探索済みとはいえ、人類で二番目に足を踏み入れる。なんか緊張するなぁ。

気持ちが伝わったのか、隣にいるジャスミンさんに肩を叩かれた。

「楽しんでいこっ。程よく魔物が湧いてくるから、ストレス発散になるくらい攻撃魔法を連発できるよ」

リラックス、ということのようだ。笑顔で「はい」と返す。

僕が発見した空間ということで、ダンジョンへの報告は僕名義ですることになっている。アイテムボックス持ちということもあり、サムさんたちが描いた地図は僕が持っていた。

「えーじゃあ、ゴブリンが出てくるという左側から行ってみましょうか」

左端を中心にゴブリンが、右端を中心にコボルトが出現するそうだ。

どちらもファンタジーでは定番の魔物。地図を見ながらより身近に感じていたゴブリンを選ぶ。

「そうね。私はサムさんたち同様に見ているから、リリーちゃんと二人で好きにやっていいわよ」

「おー」

カトラさんとリリーからも反対意見は出ない。

なので三つに分かれる道のうち、左の道へ進んでいく。

洞窟だからちょっと肌寒い。湿気も少々ある。だけど岩肌にかけられたランタンのおかげで視界は良好だ。

移動中はサムさんとモクルさんが先頭に立ち、最後尾にはゴーヴァルさんとジャスミンさんがついてくれる。

S級パーティに護衛してもらえるなんて。豪華にも程がある。信頼もしているし、どこに行っても安全なんじゃないかと思えるくらいだ。

「俺たちが見た限りでは、ここのゴブリンは多くて三体までだ。それ以上の集団になることは確認できていない」

と、先頭を行くサムさん。

「他の階層でゴブリンが出てきたときは違うんですか？」

「ああ。例えば十階層にも現れるが、個体としての能力は同程度でも奴(やつ)らは明らかに知能が高い。群れを作り、戦略的な行動を取ってくる」

「ダンジョンって階層によって魔物の知能まで違うんですね……」

細かいところまで設定しているんだな。差異を持たせるあたり、アヴァロン様って凝り性なのかも。

「まあ、本当に怖いのは地上にいる野生のゴブリンの方だけどねぇ」

後ろでジャスミンさんが呟(つぶや)いているが、詳しく聞く気にはなれなかった。

フストやネメシリア、ダンジョール。僕が今のところ巡っている場所は魔物も少なく比較的安全だと聞いている。

けれど広大な世界の中、場所によっては……。魔物がいる世界なんだから、世界の隅々まで平和ってわけじゃないだろう。

分岐する道を真っ直ぐに数分間歩くと、開けた場所に出た。最初にいた空間の少し小さい版のようなところだ。道が繋がって、これと似た空間がアリの巣のようにあるのだろうか。

足を踏み入れてしばらくすると、肌が緑色の小鬼が現れる。

まずは二体。想像していたままの姿のゴブリンだ。

「トウヤ、最初は一体ずつ」

「うん」

リリーと横並びに立つ。ゴブリンは手に握った木の棍棒を振りながら走ってきた。

「落ち着いて、いつも通りよ」

カトラさんが声をかけてくる間、サムさんたちも後ろに下がってくれる。

思ったよりも足が速い。しゃがれた声で叫びながら向かってくるので一瞬だけ気圧されそうになった。

でも……そうだ。落ち着いていつも通りにすれば大丈夫なはず。

ふぅ。

呼吸を整えて、近頃練習を重ねてきた魔法をお見舞いする。

「『ウォーター・ランス』」

「『アイス・ボール』」

僕が水の槍を放つと、リリーは氷の豪速球を射出した。

二人とも見事に命中。攻撃を受けたゴブリンは、グギャと声を残して倒れ消えていった。

うん。練習の成果もあって、ウォーター・ランスの完成度は上々だ。実力的にも通用することがわかったし一安心だな。

ホッと胸を撫で下ろしていると、後ろで見守ってくれていたカトラさんたちが温かく拍手してくれた。

リリーと二人で照れくささを感じながら魔石を拾ってくる。

ジャスミンさんにそれぞれの魔法を褒められながら、次はコボルトが湧くという場所に移動することに。

広めの道を通っていけば迷わず一番奥まではいけるそうだ。

だけど今回は地図もある。

間を繋ぐ細めの道を通って、最短ルートで右側エリアに移動する。洞窟内で風景がほとんど同じだから、これは地図がなかったら大変だっただろうな。

魔物は主に開けた空間に人が来ると出現する仕組みになっているみたいだ。コボルトは鋭い爪と牙を持った、二足歩行の犬といった見た目だった。

こちらも問題なく魔法で倒す。移動中の魔物も僕とリリーが倒していたので、最後に一番奥の空間まで辿り着いた時には二人ともレベルアップを達成していた。

「……ほんと、レベルアップには最適」

リリーもこの場所が気に入ったらしい。魔物の強さも、開けた空間にのみ出現するという法則も。

僕もレベルアップにぴったりの階層（？）だと思う。これは情報を公開したら、二階層で活動している冒険者だけでなく三階層で苦戦している人たちも押し寄せてくるだろうな。

「この壁の先が三階層なんじゃないかなって思ってるんだけど……どう思う？」

一部だけ乾燥した土で作られたような壁。そこを指しながら、ジャスミンさんが僕たちに投げかけてくる。

「本当ね。ちょっと押しただけでも崩れそうですし、私もそう思います」

「だよねっ」

カトラさんも同じ見解か。

「えーっと、今日僕たちがここのことをギルドに報告したら、確か明日にギルド側が直接確認して、明後日には情報が一般公開されるんでしたよね」

「おそらく、だけどね」

宿でどうやって報告するかなど話したことを、改めて確認するとモクルさんが頷いた。

「この浅さの階層だったら、ギルドが信頼のおける別の冒険者に依頼して直接確認すると思うよ」

「なるほど……。じゃあ、この壁はギルドに確認してもらったあと、明日の夕方くらいに崩してみるのはどうですか？　三階層に繋がったら誰か昇ってくるかもしれませんし、まだ空いているうちにレベルを上げたいので」

わがままを言っているみたいで抵抗感がある。けれど先行者利益として、これくらいは享受してもいいはずだ。

そう思って言ってみると、みんな了承してくれた。

「ないすアイデア。わたしも、もうちょっと戦っておきたい」

「うん。一回さっきのところに戻って——って、レイっ⁉」

リリーと話していると、これまで大人しく付いてきてくれていたレイが突然駆け出した。

「え、嘘っ。あれってラッキーバード⁉」

慌てて止めようとするが、ジャスミンさんの声が被さる。指を差している方を見ると、真ん中の道の先に丸々とした白い鳥が立っている。

「ら、ラッキーバードって？」

「ダンジョン固有の、五階層ごとに一度だけ現れる希少な魔物だ。信じられないな、何故こんなところに」

僕の問いに答えながら、興奮した様子でサムさんも走り出す。

ガウッ、と吠えて走るレイはそのラッキーバードとやらを追いかけているらしい。

ふわふわと羽を揺らしながら立っていたラッキーバードは、クイっとレイのことを視界に入れると急に走り出した。

は、速いっ⁉

癒やしキャラっぽい見た目とは裏腹に、高速で道の奥へと去っていく。みんながサムさんに続いて走り出したので、僕もついていくことにする。

「カトラちゃん、有名なの？」

「ええ、ダンジョンに潜る冒険者の間ではかなりね」

リリーが尋ねると、カトラさんは満面の笑みで頷いた。

「五階層に一度だけ。それも誰かが一度倒したらもう現れんからの」

「倒したら絶対にスゴイ魔道具を落とすんだよっ!!」

ゴーヴァルさんとジャスミンさんもだ。みんなの子供に戻ったかのような興奮具合が、あの魔物の凄さを物語っている。

にしても、みんな足が速い。リリーもしっかりと魔法で強化してついてきている。

「でもっ、飛ばないのに逃げ足が速いから倒すのは困難らしいよっ」

えっほえっほ、と一番遅れ気味のモクルさんが苦しそうにしながらも教えてくれる。

飛ばない鳥だけど、逃げ足が速いと。逃げるってことは攻撃はしてこないのだろうか。先に行ったレイが心配だ。

「おい、みんな!」

話をしながら走っていると、サムさんが急に止まって声をかけてきた。足を止めて、カトラさんが首を傾げる。

「もしかして見逃しちゃった?」

「いや、見てくれ……」

サムさんは前を見たまま、苦笑いを浮かべて言う。

「……あ、レイ!」

どうしたのだろうと思いサムさんの背中で隠れていた前方を覗いてみると、レイがいた。

「しかもそれっ」

その口には、ラッキーバードを咥えている。

「レイちゃんが捕まえたの？」

カトラさんが訊くと頷いているが……いや、スゴイな。あの速さに追いついて捕まえて帰ってくるなんて。

ラッキーバードはカチコチに硬直して、冷や汗を流しているようにも見える。完全に命を握られているからな。かなりビビっているようだ。

「何と言うか、雰囲気が普通の魔物とは違いますね」

「……うん。キャラクターっぽい」

僕の言わんとするところがリリーには伝わったらしい。

凶暴さを感じさせない、愛らしさがある。ダンジョンのマスコット的存在にでもなれそうだ。

「でも……『アイス・ニードル』」

「「あ」」

僕たちがラッキーバードを観察していたのに。

レイが何かを察知して地面にペッと置くと、無慈悲にもリリーが倒してしまった。

ピピーッ⁉　と何が起こったのか理解していない様子で、最後まで愛らしくラッキーバードは消えていく。

「「「……」」」

「魔道具。レイが捕まえてきたから、トウヤのもの。ざんねんだけど、レベルは上がらなかった」

「あ、ありがとう。そうか、残念だったね……」

魔石は残らないのか。

みんなからの視線を無視して、リリーは地面に残った物を僕に渡してくれる。

絶対に全員「いや、レベル目当てだったのか……」って思ってるだろうなぁ。これだから、レベルジャンキーは。

「ごほんっ。で、本当に僕が貰ってもいいんですか?」

咳払いをして、他のみんなにも尋ねてみる。

リリーから受け取ったのは氷でできた一輪のバラだ。あんまり魔道具には見えないけど、きっと希少な物なんだと思う。

もちろん、といった雰囲気で頷いてくれるカトラさんたち四人。

しかし、ただ一人ジャスミンさんの反応は違った。

「……って、そ、それっ。『悠愛の氷炎花』だよっ。うん、絶対にそうだ!! 嘘っ、ほんと……!?」

僕の手をガッと摑み、間近でバラを観察している。

鼻息が荒い。

「『悠愛の氷炎花』って……俺たちは聞いたことがない魔道具だな」

「え、なんでっ?」

サムさんが僕たちの顔を見回して言うと、ジャスミンさんは信じられないと目を見開く。

「みんな、本当に知らないの⁉　北方で有名な伝承に出てくる、永遠に燃え続ける氷のバラ。ある国の騎士が、お姫様に悠久の愛を誓った時に贈った！」

熱心に説明されるが、僕以外のみんなも知らないらしい。ピンと来ない表情でいると、彼女は深い溜息を吐いた。

「はぁ～まったく。聞いたことすらないなんて心底ガッカリだよ。私が調べた限りでは、かなりむかーしにダンジョンで一度だけ産出された記録があっただけ。超がつくレア魔道具だよっ⁉」

「何か有用な使い方があるんですか？」

「んー……いや、私が知ってる限りでは燃え続けるだけだけど……」

僕が尋ねると、微妙そうに首を振るジャスミンさん。

「じゃ、高く売れる？」

続いてリリーが訊く。

しかし、ジャスミンさんは目を逸らした。

「あ、いやっ。昔にあった、もはや伝説の物だったから値段までは流石に……。でっ、でも絶対に高くはなるはず！　……無事に、買い手が見つかればの話にはなるけど」

小声で最後に付け足された「買い手が見つかれば」という条件。

お金持ちが買ってくれればいいんだけどなぁ。無事に欲しい人が見つかるのかは、まだ不確かだ。

「と、とにかく！　特別有用でもないし売れやすいとも言えないかもだけど、ロマンチックな魔道具だからっ。魔力を通したら凍っているのに永遠に燃え続ける」

ジャスミンさんも、僕が貰うことに異議はないそうだ。地上に戻るまで『悠愛の氷炎花』の素敵さを熱弁していたが。

かなり少女心をくすぐる物だったのかな？

何にせよ、間違っても魔力を流さないようにと僕はアイテムボックスに収納しておくことにした。バラに火がつくのは、買った人の手に渡った後の方が良いだろう。

うーん。レンティア様もそろそろ何か起きるかもと言っていたし、ネメステッド様からいただいた【やったね!!　商売繁盛】が効果を発揮するといいんだけど。

鑑定してみた限り、商売に関する運気が上がって思わぬ出会いがあると書いてあったし。

◆

「本当ですかっ？　いえ、でも『飛竜』の皆さんが仰るのですから……」

ギルドの奥にある応接間。活動終了後、僕たちはサムさんたちの取り次ぎでギルドに未発見エリアの報告をすることになった。

前髪をぴしりと分けた真面目そうな職員さんは、ぶつぶつと思案している。

彼女は、普段から『飛竜』の担当をしている方らしい。S級ともなると専属の職員が用意されるそうだ。

まあ今回は浅い階層での発見だもんなぁ。

長らく、多くの冒険者たちが探索してきたのに見つけられていなかったエリア。そんな場所での新エリアの発見となれば、ごくごく稀にあるというダンジョンの変動としか考えられないはずだ。

サムさんたちは以前から活動していて変動は経験していない。そのことは専属である職員さんもよく知っている。だから、やはり本当に新エリアを発見したというのなら僕たちのうちの誰かがダンジョンの変動を引き起こしたというわけで……。

「改めての確認にはなりますが、そちらのトウヤさんが発見されたということでよろしかったでしょうか？」

「は、はい」

さらに三人の中でも、カトラさんやリリーに劣るEランクの冒険者。そんな十歳児の僕が、所謂『ダンジョンに選ばれた』ことを困惑した表情で確認されてしまった。

うん。これは仕方がない。

客観的に見ても、すんなりと受け入れられる類の話ではないだろう。

で、でも面倒な取り調べとかに発展するのは御免なんだけど……。

「承知いたしました。さっそく明日、こちらでも確認させていただきます。入り口となる場所に関してなのですが――」

あれ？

僕の心配をよそに、職員さんは表情を切り替えると報告を真剣に受け取ってくれた。

どうやら、ここはサムさんたちへの信頼感が優ったようだ。

無名、それも駆け出しの僕たちだけだったらと思うとぞっとするな。まともに相手にされなかったり、確認が明日じゃなくてもっと後にされていたかもしれない。

それからの細々とした質問については、代表してカトラさんが応対してくれることになった。

「……では、新エリアの確認が取れ次第、ギルドには発見がトウヤさんの実績として記録させていただきます。今回マッピングしていただいた地図につきましても、エリアの確認後にギルドが買い取らせていただくことになるかと」

マップの買取額の交渉などはサムさんたちも協力してくれ、後日正確な数字をギルド側が提示してくれることになった。

カトラさんが納得したように頷き、一つ尋ねる。

「他の冒険者たちへの情報公開は、いつ頃になりそうですか？」

「確認作業がスムーズに進みましたら、おそらく明後日には」

おーよかった。新エリアの一般公開は、こちらの予想通り明後日になるみたいだ。

明日はまだ、独占的に探索ができる。

未発見エリアを発見する。そのことによってギルドの記録に名前が載るのは、大変名誉なことなのだろう。正直、僕も嬉しい部分がある。

だけど進んで目立ったり周囲に誇りたいわけではないからなぁ。

「あの、情報公開時には発見者の名前が公表されたりしますか？」

「公表することも非公表にすることも可能ですが、いかがいたしましょう？」

「あーでは、非公表でお願いしてもいいですか」

「かしこまりました」

流れで、発見者の名前は伏せるよう約束してもらっておく。

マッピングで得る金銭もあることだし、その方が安心できるはずだ。

「そうだな。まだ若いトウヤが発見者となれば、厄介な連中に目をつけられないとも限らない」

「まあ、有名人になるのは大人になってからでも遅くないからねっ」

と、サムさんとジャスミンさん。

二人だけじゃなく、みんなも「それがいい」と頷いてくれている。

話がひと段落したところで、アイテムボックスから『悠愛の氷炎花』を取り出す。

「それと、新エリアで発見したこれについてなんですが……」

探索の途中で魔道具がドロップしたことは伝えてある。しかしまだ詳細は伝えられていなかったので、机の上に置き、手に入れた経緯を軽く話す。

改めて見ると、薄暗い洞窟の中でより綺麗に見える。光を反射してキラキラと輝いていて氷、というよりも宝石みたいだ。

「……っ」

僕の話を聞いてる間中、職員さんは口を開いたまま目を瞬かせていた。

しかしハッとしたかと思うと、席を立つ。

「しょ、少々お待ちください」

そう言って部屋を出た彼女は、分厚い革張りの本を片手に戻ってくる。

パラパラと時間をかけて捲り、あるページで手を止める。そして机の上に置いてあるバラと、本に描かれている絵を何度も見比べてから口を開いた。

「これは……『悠愛の氷炎花』、でしょうか?」

「正解っ」

ジャスミンさんが脚を組んで、前のめりになる。

「ギルドで買取、もしくは買い手の斡旋を頼めるか?」

「………」

横からサムさんが尋ねるが、答えはすぐに返ってこない。

通常、魔道具はギルドが買い取るとなると中抜きされるため価格が下がってしまうらしい。なので専門的に取引している商人や、貴族に売り払う方が良いみたいだ。元ギルド職員のカトラさんも、基本的にはほとんどの職員が買い手の斡旋を優先するだろうと言っていた。ギルドのマニュアルでも、ぼかしてはいるが斡旋を勧める手筈になっているんだとか。

そもそも魔道具は希少。競売にかけたら値も釣り上がるだろう。

魔石のように定まった買取額があるわけでもないので、ギルド側は面倒を避けるためにも初めから規則で縛らず自由にさせることを選んだようだ。

このあたりは、ギルドの運営方針なんかが絡んだりしているのかもしれない。内部の詳しい事情は知らないが。

それで……ど、どうなんだろう。

この『悠愛の氷炎花』を欲しがってくれそうな良い人を斡旋してくれるといいのだけど……。

祈り、待つ。

なんか職員さんがあわあわと口をさせ始めた。

口を開き、閉じる。

何回もそれを繰り返し、真面目そうな目を見開いている。

「……す、すごい」

ようやく言葉が出てきたと思ったら、続いたのは僕たち全員の意表をつく衝撃的な内容だった。

「驚きました……。ちょ、ちょうどこの魔道具を探している方が、今ダンジョールにいらしているんです！」

……え？


「乾杯ーっ！　いやぁー驚いたね、さっきの話」

ギルド二階にある酒場で、大きめの木製ジョッキを打ち付けあうと、ジャスミンさんがニコニコと嬉しそうに笑った。

いつも通り盛況な酒場。周囲はガヤガヤとしている。

「確かに、まさか本当に買い手になってくれそうな方がいるなんて驚きました」

「ちょーラッキー」

ここの名物であるアップルソーダを飲み、少し大きな声でカトラさんとリリーが言う。

あの後、善は急げということで職員さんが『悠愛の氷炎花』を欲しがっているという方を今からギルドに呼んでくれることになった。

その方の到着を待つ間、時間も時間なので僕たちは夜ご飯を食べにここに移動してきたのだ。

だからテーブルを囲むみんなが持っているのは、お酒ではなくアップルソーダ。ゴーヴァルさんも渋々だったけれど、宿に帰るまでは我慢してくれている。

「一体どんな御仁なんじゃろうな。過去に一つだけ存在したとは言われとるが、もはや御伽話での出来事じゃ。手に入れられる可能性なぞゼロに等しいだろうに、そんなものを求めてダンジョールに来るとはの」

しみじみと、しかし面白がるようにゴーヴァルさんは口端を上げる。

「うーむ、そうだな」

一方でサムさんは顎に手を当てている。

「どんな人物が来るのかは俺も気になる。まず普通じゃないことは確かだが、あんな物を買い取るとなると金額も想像できないくらいになるはずだからな」

「普通じゃないって……ほんと、いい人だといいよね」

モクルさんは苦笑いでそう言って頷くと、僕を見た。

「トウヤくん、良かったね。しっかりと売ることができたら大金になるはずだよ。それこそ今までダンジョンで稼いだ額が、ちっぽけなものに思えちゃうくらいに」

「そんなに……いや、そうですよね。でも、そんな額になるかもしれないのに本当に僕が頂いちゃってもいいんですか？」

いざ現金になるかと思うと、なかなかの抵抗感がある。旅をしているのだから僕だけではなく、もちろんカトラさんやリリーが使うお金にはなるだろうけど。

それでも『飛竜』の皆さんに一銭も渡さなくていいのだろうか。表面上の遠慮でなく本気でそう心配するが、サムさんから溜息が返ってきてしまった。

「だから、ダンジョンからの帰り道でも何度も言っただろう。俺たちは今回、良い経験をお裾分けしてもらったんだ。あそこで得た魔石以外の報酬は必要ない」

「僕たち、これでもS級パーティだからね」

「金は十分に持っとるわ」

モクルさんとゴーヴァルさんにも笑われてしまった。

「トウヤ。時には思い切って、利益を得ることもだいじ。パパがそう言ってた」

「そうよ。これから気兼ねなく良い宿に泊まって、美味しい料理を食べるためにも受け取っておきましょ」

本当に思い切りが悪くて恥ずかしくなる。リリーとカトラさんにも背中を押されてしまった。

まあこれ以上拒んでも、せっかくの優しさを無下にしてしまうだけだ。

「そう……ですね。わかりました！　では、有り難く頂戴しておきます」

「まあ、どうせいつかは底をついて、また稼がないといけなくなるのが冒険者だからな。気楽に受け取ってくれ」

サムさんが冗談めかして言ってくる。

「あはは、はい」

彼の言葉が現実にならないように気をつけておこう。特に僕が受け取ると言ってから満足げなカトラさんとか、さっき宿や料理のことにも言及していたし。

僕とは違って思い切りが良すぎる節があるからなぁ。手元にお金があったら気にせずどんどん使う。本当、サムさんが言う冒険者そのものだ。

「お待たせしましたー、ご注文の料理です！　カトラお姉ちゃん、楽しそうだけど何話してたの？」

話していると、僕たちが注文していた料理が運ばれてきた。

器用に持っていたいくつもの皿を置いていくのは、今やこの酒場の看板娘だとサムさんたちが言っていたリスタちゃんだ。

「あーいえ、ちょっとね」

「なになに？」

「ふふっ、だーめ。大事な話だから、これは内緒よ」

「もう、ケチなんだからっ」

カトラさんと話しながら手際よく皿を置き終えると、リスタちゃんは笑顔を残して去っていった。すぐに他のお客さんからの注文を取り、忙しなく厨房に走っていっている。

周りが盛り上がっているとはいえ、サムさんたちといることもあってどうしても注目されてしまうからな。

チラチラと視線も感じる。誰が会話を聞いているかわからないので、初めから僕たちも詳しい固有名詞を出したり、魔道具の話とわかる会話はしないように心がけている。

「よし、じゃあ腹ごしらえを済ませておこう」

続けて他の従業員さんも来て、料理が揃うと僕たちはサムさんの合図で食事を開始することになった。

豪勢に頼んだステーキをレイにも分けつつ、僕もモグモグと大きく頬張る。

会話に混ざりながら考えているのはネメステッド様にいただいた称号のことだ。

多分、この『悠愛の氷炎花』の一件が、レンティア様が仰っていた【やったね!! 商売繁盛】が効果を発揮する時で合っているのだと思う。何しろレアな魔道具を手に入れただけに留まらず、こんなにスムーズに買い手が見つかったのだ。

商売運がアップして、思わぬ出会いがある。

ここまでの幸運は、きっとネメステッド様にいただいた称号のおかげに違いない。

まさに神がかった展開。この一件のことじゃなかったら、逆に怖いくらいだ。

それにしても思わぬ出会い、か。

僕もどんな人が来るのか気になってきたなぁ。

「――あっ!! ね、ねえっ!?」

そんなことをぼんやりと考えていたら、突然ジャスミンさんが立ち上がった。近くの席からの視線が集まるが、ハッとした彼女が座るとすぐに元に戻る。

「あ。ご、ごめん……」

「どうしたんですか？」

僕が訊くと、前傾姿勢になって小声で話し出すジャスミンさん。さっきから口数が減ったとは思っていたけど、何だろうか。

「いや、あのね。私、ちょっと思っちゃったんだけどさっ」

声を聞き取るために、自然と全員がテーブルの中央に顔を寄せる。

「もしかして……」

「「もしかして？」」

勿体ぶるように、わざと溜めを作って焦らしてくる。

僕たちの声が重なると、順々にみんなの目を見てからようやく彼女は言った。

「あれを求めてこの街に来てる人って、ローレンスだったりしないっ⁉」

ろ、ローレンスさんが？

『悠愛の氷炎花』を探していたのが偶然同じ宿に泊まっている人だなんて……。

「いやいや、そんな」

「あいつなわけないだろ」

僕とサムさんが同時に首を振る。

「いや、だってさ！　みんなも知ってるだろうけど、ローレンスって何かを探し歩いてる様子だったし。絶対に貴族とかなんじゃないかって私は思ってたんだけどっ。それだったら買い手になってくれそうな人の条件に合ってるよね⁉」

他のみんなも「まさか～」といった感じで椅子に腰を戻す。

ジャスミンさんは納得のいかない顔をしているが……ん、いや、あれ？

これまで見てきたローレンスさんの姿を思い浮かべて、急激に点と点が繫がっていく気がする。

点が線になり、ジャスミンさんの『思いつき』が意外に論の通った『推理』なのではないかと思えてきた。

「あれ？」

「ん？」

「そういえば……」

僕だけでなく、サムさんやモクルさん、ゴーヴァルさんにカトラさん、リリーも同じような表情になる。

確かに、僕も知っての通りローレンスさんって探し物がなかなか見つからない様子だったしなぁ。

みんなが目を丸くして、ジャスミンさんに視線を集める。

「でしょ⁉」

えへん、と胸を張るジャスミンさん。

もしこれが合っていたとしたら、本当にすごい話だ。

けれど、あまりに全員から視線を向けられ続けるものだから、次第に気恥ずかしくなってきたらしい。

「って、そ、そんなに見つめられても困るんだけど……」

　自慢げだったジャスミンさんは、すぐにいつも通りに戻って目を逸らす。

　果たして、彼女の推理は合っているのだろうか。


　答え合わせを楽しみにしつつ食事を終えると、タイミング良くさっきの職員さんが僕たちを呼びにきた。報告を行った応接間に戻る。

「お連れしました」

　先頭の職員さんがドアをノックして、ガチャリと開ける。

　道中で説明された感じでは、僕たちが厄介ごとに巻き込まれないようギルド側も取引を見守ってくれるそうだ。

　あくまで第三者としてにはなるが、これは心強い。結構緊張しているからな。一体どんな人が待っているのか。

　……うん。よし、行こう。

　気持ちを固めて、部屋に入る。

「あっ」

　しかしソファーから立ち上がり、入室した僕たちを迎え入れてくれた人物の姿を見て、すぐにそう漏らしてしまった。

「ほらっ、やっぱり‼　私が言った通りでしょ⁉」

後ろにいたジャスミンさんが肩を入れ、前に出てくる。

「なんだ、お前だったのか」

「お、お前だったのかって……こっちこそ驚いたよ！　まさか君たちだったとはね」

サムさんがおかしそうに笑うと、呆然とした様子で返したのはローレンスさんだ。

本当に、こんなことがあるなんて。名探偵ジャスミンさんの推理はものの見事に当たっていたらしい。一気に緊張感が解ける。

「お知り合いだったんですか……？」

売り手と買い手。これから商談に臨む予定だった両者が突然にこやかな表情になって、一番驚いたのは職員さんだったかも。

職務に集中しようとしていた真面目な顔に、明らかに戸惑いが浮かんでいる。

「僕たち、同じ宿に泊まってる仲なんだ」

「それはまた……」

モクルさんの説明に、彼女は口に手を添えている。

ローレンスさんは待ちきれないといった感じで、僕たちの顔を見回した。

「そ、それで。『悠愛の氷炎花』を見つけたというのは本当かい？」

「はい」

ここは僕が代表して答える。

「そうか……なんとか、なんとか見つけることができたっ。どうか、その『悠愛の氷炎花』を、私に売ってはくれないか？」

「もちろん前向きに。ですが立ち話もなんですし、まずは座って話しましょうか」

「ああ。そ、そうだね」

興奮し切った様子のローレンスさん。

ここ最近落ち込んでるというか、思い悩みローテンションだったからな。余計にそう感じる。

リラックスしたムードは大事だけれど、適度に集中してしっかりと話し合うことも重要だ。何より大金が動くかもしれない話なのだから。

みんながソファーに腰を下ろし、職員さんだけが部屋の隅で状況を見ていてくれることになる。

「これが『悠愛の氷炎花』です」

レイには足元で待っていてもらうことにして、机に職員さんが用意してくれていた上質な布の上に置き、ローレンスさんに見せる。

この際、アイテムボックスを隠すのはやめた。

ローレンスさんはギルドの職員さんとは違って守秘義務はないけれど、そろそろ僕もレベルが上がって自信もついてきたし。まあ、相手が彼だからということも大いにあるが。

「こ、これが……」

相変わらずキラキラと輝く氷のバラ。吸い寄せられるように顔を近づけ、伸ばしかけた手を彼はハッとした様子で止める。

「っと、すまない」

「いえ、大丈夫ですよ。それで、もし差し支えなければ何故これを探していたのか教えていただけませんか?」

「……気になる」

リリーも前のめりだ。

「サムさんたちが前回ダンジョールを発たれる前からいらしていたってことは、かなり長く探していらしたんですよね?」

カトラさんが訊くと、ローレンスさんは『悠愛の氷炎花』を見たまま頷いた。

「ああ。この街に来て、かれこれ三ヶ月くらいになるね。その間ずっとこれがないか探し回って、色々な筋を当たってこの美しいバラが手に入らないか頼んでもらっていたんだ」

「ダンジョンからの産出だけでなく、各地から情報を持った冒険者が集まってくるからか。どこかで見なかったか聞いてまわっていたのか?」

と、サムさん。

「そうだ。しかし情報はほとんどないし、あったとしても眉唾(まゆつば)ものの噂程度だった。魔道具職人に似たものを作れないか頼んでみたが、話に聞く『永遠に燃え続ける』という氷の花を作ることは難しいらしくてね」

「『燃え続ける』というのが真実だとしたら、一度魔力を注(そそ)いでしまえば二度と燃料を供給する必要がない。世界の理を超越した魔道具だからな」

「職人たちもそう言われたよ。だからダンジョンからの産出以外は、現時点では考えられないとね」

そこでローレンスさんは一息つくと、照れくさそうに頬を掻いた。

「それで、何故これを探していたかという根本的な話なんけど。実は……こ、婚約者にプレゼントしたかったんだ。この『悠愛の氷炎花』の逸話が大好きで。婚姻のプロポーズにね」

「きゃーっ素敵じゃない！　ね、カトラ⁉」

「そうですね。手に入らない可能性の方が高いのに、贈り物のためにそこまでするだなんて。心から愛しているんですね、その方のこと」

まさに待っていた物語だ、といったノリでジャスミンさんが隣のカトラさんの肩を叩いている。

「あはは、そうかもしれないな。でも、本当に見つからなくてもう諦めようと思っていたんだ。定期的に使いに手紙を持たせていたが、そろそろ帰らないと流石にマズそうでね」

「使い……？」

気になるワードが出て、思わず口にしてしまう。

「すまない。私はこういう家の者なんだ」

ローレンスさんがそう言って胸元から取り出したのは、小さな手帳。長い牙を持つライオンを象った家紋か何かが描かれている。

「なっ。それはウェイス帝国……皇室の紋章じゃろう⁉」

「え、えええっ⁉」

博識なゴーヴァルさんの言葉を聞いて、今度は立ち上がってしまった。

カトラさんとリリー、ジャスミンさんも立ち上がってポカンと口を開けている。

えーっと、たしか前に見た地図では……。

「ウェイス帝国って北方にある国でしたよね？」

「うん！　私が話した、『悠愛の氷炎花』の話の舞台だよっ」

力強く頷くと、ジャスミンさんが目を輝かせる。

アバウトに言うと神域の西にあるのがフストがあるグラゼン王国で、南にあるのが今いるペコロトル公国。そして東に神王国があって、ウェイス帝国が北に位置している。

「じゃあ、じゃあ。あの話に出てくるお姫様って、ローレンスのご先祖様ってことだよねっ？　あ、タメ口じゃ……」

「いや、お忍びで来ている身だ。それに君たちとは友達だと思っている。だから気にせず、今後もこれまで通りで頼む。それと、このことはくれぐれも内密に」

最後は部屋の端で腰を抜かしかけている職員さんに向かって、人差し指を立てて言う。

「しょ、承知しました！」

「と言っても私は第四皇子。兄上たちに比べれば自由に過ごさせてもらっているからね。周囲に知られても、そこまで大事になりはしないよ」

「貴族か何かだとは思っていが、まさか皇族だったとはな……」

サムさんの呟きに全力で共感するしかない。

「あはは、驚かせてしまったかな？」

物腰柔らかで親しみやすいが、国を統べる一族にいる方なんだもんなぁ。

改めて話を聞くと、本名はクローレン・ウェイスというそうだ。ローレンスは偽名だったらしい。

でも愛称として変わらず呼んでくれとのことだったので、引き続きローレンスさん呼びにしておこう。

サムさんたちも自然体に接してはいるが、彼の頼みを断る気にはなれないようだし。

そしてジャスミンさんの言葉通り、かつて『悠愛の氷炎花』を贈ったと言われている騎士とお姫様はローレンスさんのご先祖様だった。

「うちの家系は代々ロマンチストのようでね。その時の『悠愛の氷炎花』が城に残されているんだが、私も婚約者である彼女のためだけの『悠愛の氷炎花』を贈りたいと思ってしまったんだ」

自分でも馬鹿だと思うよ、と話す彼の顔は爽やかで、眩しいくらいに真っ直ぐだった。

本物を見たことがあるというので、ここにあるのが『悠愛の氷炎花』で間違いないとわかってくれ、話はトントン拍子で進んでいく。

「私に買い取らせてもらえないだろうか。金額は、これで」

「これって……」

机に置かれたのは、今まで見たことがない色の硬貨だ。僕が首を傾げていると、カトラさんの喉が鳴る音が聞こえてくる。

「は、は、白金貨……」

「白金貨って、えっ、これがそうなんですか⁉」

昔した僕の予想では、一枚一億円くらいの価値がある硬貨だ。公国貨幣だから見た目は違うけど、王国貨幣と価値は同じだからこれもそのくらいのはず。

錆びついたようにギギッと頷くカトラさんの反応的にも、とんでもない額であることがわかる。

それも机に置かれたのは一枚だけでない。全部で五枚……五億円だ。

「もう一生働かなくてもいいくらいだね……」

「ローレンス、こんなに出してしまって大丈夫なのか？　いくら欲しいといっても、かなり色がついているように感じるが」

頬を引き攣るモクルさんと、心配そうに訊くサムさん。

「このくらい出しておかないとね。だって他に欲しいという人が現れたら、どこまで値が吊り上がるかわからない。何せ生きているうちにもう二度と出会えないかもしれない魔道具だろう？」

だから、とローレンスさんは続ける。

「なるべく早く、そして確実に手に入れておきたいんだ。これは約十年間、国の商業の発展に尽力して得た、私が自由にしていい金銭だ。正直な話、これ以上は出すことができない」

真剣な眼差しで見つめられる。

「どうかこの額で、今ここで取引してもらえないだろうか？」

他に欲しいという人が現れる前に、この場で決めておきたい。だからサムさんから見ても、かなり高め額を提示してきたらしい。

……まあ僕の答えは、買い手候補がローレンスさんだった時点から決まっていたんだけど。

彼の人柄も、この『悠愛の氷炎花』を求めているわけも。そしてもちろん提示してくれている金額も踏まえて、とにかく断る理由はどこにも見当たらないのだ。

「はい、ぜひ」

僕が頷くと、その瞬間彼の表情に安堵と喜びが浮かんだ。

ギルドが準備してくれた契約書を結び、取引が行われる。

この場にあるだけで怖いので白金貨はすぐにアイテムボックスへ。公国貨幣への両替所があるくらいだから、このギルドで使いやすい金貨とかにしておかないとな。アイテムボックスがある以上、硬貨は持ち運びやすさよりも使いやすさ重視でいいだろうし。

最後に、僕が『悠愛の氷炎花』をローレンスさんに渡す。

受け取った彼は大切そうに手に乗せ、柔らかな表情で光を反射して輝くバラを見つめていた。

「ありがとう。本当にありがとう……トウヤ君」

「プロポーズ、喜んでもらえるといいね」

ジャスミンさんが優しい声音で言うと、ゴーヴァルさんが自身の膝を叩いて立ち上がる。

「よしっ。ローレンスとトウヤ、二人の取引成立を祝って宴といこうかの」

「おー。さんせー」

リリーも続き、二人が部屋から出て行ってしまう。

僕たちは『雪妖精のかまくら』に帰り、夜遅くまでパーティーを楽しむことになるのだった。

第八章 出発は近い

遅くにパーティーを終え、ベッドに潜る。

すぐに眠りに落ちたと思ったら、レンティア様に呼び出された。いつもの白い空間。今日はネメステッド様もいらっしゃる。

「これが我が称号の恩恵――ッ。貴様もこれで大金持ちだな！」

「良かったじゃないか。流石にこれはアタシの予想を上回ったがね……。ネメステッド。アンタ、もしかして商運を上げすぎたんじゃないだろうね？」

「……そっ、そんなわけがないだろッ」

眼帯に手を添えるネメステッド様は、ジーッとレンティア様に睨(にら)まれてタジタジだ。

これ、予定よりもすごい効果を受け取っちゃったってことなのかな。いきなり白金貨五枚も稼げるなんてとんでもない効果を発揮しているとは思ったけど。

「あとで調整しておかねば……」

ボソッとネメステッド様のそんな言葉が聞こえてくる。

「ん？　アンタ、今――」

「と、トウヤ。貴様もこっちに来て座れッ!!　レンティアが紅茶を用意してくれたんだ」

漫才のようなテンポの良い会話。

誤魔化すようにネメステッド様に呼ばれたので、僕も机を囲む椅子に座る。

結局、ネメステッド様の調整ミスで商運アップの効果が凄まじくなってしまっていたのだろうか。

【やったね!!　商売繁盛】とかいう色物枠のような名前で、あんまり重要な働きはしなさそうな内容だったのにな。

「いやぁ驚きました。『思わぬ出会いがある』って、もうすでに知り合っていた人と取引することになるなんて……」

「予想外の展開だっただろう?」

「まさに人智の及ばぬ、『神がかった』な――ッ」

さっきまでミス（?）が発覚して追い詰められていたのに、ネメステッド様は自慢げにほくそ笑んでいる。

横に浮かばせていた長杖がひとりでに回転し始め、それをパシッと小気味の良い音を鳴らして摑んだ。

「大金持ちになった気分はどうだ?」

「うーん、そうですね……」

何度もお会いするうちに、最近では適度にリラックスして神様方とも話せるようになってきた。

夢の中でお会いして話せるのが密かな楽しみになっているくらいだ。

僕はレンティア様が淹れてくれた紅茶を一口飲み、今の素直な気持ちを口にする。

「正直、まだ現実味がなくて。あまりに大きい金額すぎますし、思うことがあるとすれば持っていてヒヤヒヤする……くらいですかね？」

「ふふっ。アンタらしいね」

「そうか。やはり我がお気に入りに相応しい、面白い人間だ」

おふたりに笑われてしまったが、まあ僕のことをよく知って受け入れてくれているのだと受け取っておこう。

レンティア様のお使い担当くらいの気持ちではあるけど、名目上は一応れっきとした神様の使徒だからなぁ。大金に怯えている庶民っぽさが恥ずかしくはあるけど。

「経緯はどうであれ、だ」

レンティア様が、称号の調整ミスを犯していたらしきネメステッド様を横目に睨んで続ける。

「アンタが今回大きな額を稼いだことに違いはないんだ。過去には戻れないんだから、あくまで気楽にやるといいよ。懐に余裕があった方が色々と助かることもあるだろうし、アタシたちも気兼ねなく貢物を頼めるからね」

「ははっ、たしかにそうかもしれませんね。でも僕が対応できないくらいの量の貢物は勘弁してくださいよ……？」

レンティア様の言葉にこちらも冗談めかして返す。

「クックック。この金で絶品を好きに楽しめるということか――ッ。レンティアよ、我に感謝しても良いのだぞ？」

「はぁ、アンタは反省するんだね。わかってるかい？　今回は見逃してもいいが、適当に称号を作っているとアヴァロンのヤツに報告するよ」

「……なッ」

レンティア様に釘を刺され、シュンとするネメステッド様。

そういえば前からアヴァロン様の名前を出されると勢いがなくなるんだよな。そんなに怖い存在なのだろうか。

しかしネメステッド様も、一度釘に刺された程度で大人しくなるお方ではない。すぐに調子を取り戻すと、わいのわいのと騒がしくなる。

出会った頃は変なタイミングで無言になったり、照れくさそうな顔を垣間見せたが今はそれもない。僕にも、レンティア様と同じくらい気を許してくれているのかな？

もしそうだったら嬉しい話だ。

◆

たっぷりとレンティア様たちとお話をして迎えた翌朝。

ダンジョールでの目的を達成したローレンスさんは、婚約者の待つ国へと早朝に発ってしまった。

彼自身も剣を携えていたので戦えるのだろう。でも、どこから現れたのかめちゃくちゃ強そうな男性が護衛として隣にいたので、きっと危険はないはずだ。

「うちの国を訪れた時は、ぜひ会いにきてくれ」

最後にそう言ってくれたので、また会えたらいいな。

しっかりとみんなで見送って、朝食を摂る。特に仲の良かったサムさんが少し寂しそうな顔をしていたので、ジャスミンさんが普段よりも多めに会話を振っていた。

ノルーシャさんもローレンスさんもいなくなると、宿が静かになったような気がする。まあでも、すぐに次のお客さんが入るだろう。

魅力的な宿で、少しの間だけ時を共にする人たち。他の宿泊客と関わりが深かったこその一期一会を感じる。

これも、旅の醍醐味なのかもしれない。


今日はギルド側の未発見エリアの確認が入っている。

順当にいけば明日には一般にも情報が公開される話になったので、レベルアップのために先行者利益として魔物を倒しまくれるのも今日までだ。

サムさんたちは休暇を取るとのことだったので、僕たちだけで二・五階層に向かう。

昨日の探索で実力的に問題はないとわかった。僕たちだけでも危険はないはずだ。

ギルドに入ると、隅の方で昨日お世話になった『飛竜』を担当している職員さんに声をかけられた。

「おはようございます。例の件ですがB級パーティの『森の息吹』の皆さんに依頼し、すでに出発していただいています。当ギルドからの信頼も厚い実績のあるパーティですので、ご安心いただければと」

昨日の今日で、もう冒険者に依頼を出して行ってもらったのか。

「わざわざありがとうございます」

「いえ、それではお気をつけていってらっしゃいませ」

カトラさんが会釈すると、職員さんは周囲を気にした様子で小声で言い、そそくさと去っていった。

……。

昨日の慣れもあって、効率的にゴブリンやコボルトを倒していけている。

サムさんたちが作ってくれた地図は描き写してからギルドに渡したので、道に迷う心配もない。

ただひたすらテンポよく魔物を倒し、レベルアップを目指す。

一番奥の空間まで辿り着くと、狼の耳をもった獣人の男性が三人いた。

「こんにちは。発見者のトウヤさん、ですよね？」

「はい」

「俺たちは『森の息吹』です。ここの壁が三階層に繋がっているのでは、と聞いたので待っていました」

リーダーなのだろう。銀色の髪の剣士が代表して挨拶をしてくる。

ギルドからの信頼が厚いことが伝わってくる物腰の柔らかさ、誠実な雰囲気だ。

なんで僕たちが発見者だとわかったんだろうと一瞬思ったけど、三人のうち二人が子供で、従魔を連れているとなったら誰(だれ)にでも一目瞭然か。

「それにしても凄い発見ですね」

「ダンジョンの変動……」

「エニット、よせ」

残りの二人も続けて口を開く。

ダンジョンの変動について言及しようとした弓使いさんを、もう一人が諫(いさ)める。

「そうだな。いや、すまなかった。詮索するつもりはない」

「いえ、全然。お気になさらないでください」

あくまで調査というスタンス。はっきりと深入りする気はないと伝えくる。

「ここの壁、壊していいの？」

リリーが奥の一部だけ脆くなっている壁を指して尋ねると、リーダーが頷(うなず)いた。

「はい。俺たちの調査もあらかた終わりましたんで、あとは皆さんがよろしければ。ギルドもそう言っていたんで大丈夫だと思います。俺の考えでも、多分三階層に繋がってるんじゃないかな？」

「じゃあ壊しちゃいましょうか。リリーちゃん、やってみる？　あ、ここは発見者のトウヤ君の方が……」

カトラさんが気を使ってくれるが、ここは別にいいや。

「いや、リリーがやっていいですよ」

「そう。だったらリリーちゃんにお願いするわね」

「……うん。まかせて」

というわけで、明らかに何か空間が現れそうな壁の相手はリリーに任せることにする。

なんか改めて見ると、ゲームで先に隠し部屋がある時の壁のデザインっぽいな。念の為魔力で索敵してみたが、壁の向こうに生物の気配はしなかった。

よし、問題なさそうだ。

みんなで後ろに下がって、リリーの魔法が展開されるのを見守る。

周囲への影響も考えて規模は小さかったが、鋭く尖った氷が高速回転をしながら壁にぶつかる。

「これは……」

土煙をあげて崩れる壁。そんな中、『森の息吹』の三人がリリーの魔法に唖然とする声が聞こえてきた。

「やっぱり、つながってた」

リリーが壁に空いた穴をくぐり、先に見える木の板のようなものを押す。

ギギギ……。

音を立てて木の板が動くと、その向こうには石畳が見えた。

今いる洞窟よりも明るい。全体的に整備された印象の廊下、なのかな。

「ここが第三階層？」

「……ええ。そうよ」

振り返ったリリーにカトラさんが頷く。

「通称『廃棄回廊』と呼ばれてる階層だ。まさかこうも綺麗(きれい)に、第二、第三階層が繋がるとは……」

『森の息吹』のリーダーが解説してくれる。

自然な流れで僕たちもリリーに続いて第三階層に入っていく。人の姿は見当たらない。

「中間地点近くか」

弓使いさんがそう言った瞬間、左右に伸びる石畳の廊下の先からヒューと音が鳴った。

遅れて生ぬるい風がやってくる。なんというか、背筋がゾワっとするな。

しばらく無言の時間があって、気がついたら僕の口が独りでに動いていた。

「……きょ、今日は帰りましょうか」

まだ二・五階層の公開前だからね、うん。

他の人に見つからないうちに洞窟に戻り、穴を塞(ふさ)ぐ木の板を元に戻しておく。正式に開通されるとなったら、あの二階層の樹皮同様に外せば良いだろう。

その後、満足がいくまで探索を続けた僕たちは、夕方頃に地上に戻ることにした。

◆

それからの時間の流れは早かった。

無事に未発見エリアはギルドに認められ、翌日には情報が公開。街中を歩いているとそこかしこから衝撃的なこのニュースについて話す声が聞こえてくるほど、それはもうダンジョール全体を巻き込み、大きな話題となった。

発見者の名前が公表されていないことが憶測が憶測を呼んでいく。

ギルドでは盛んに誰が発見したのか、検討し合う声もあった。まあ大体はSランク冒険者の名前が上がっていたから、面白がって適当に話していただけだろう。二階層で活動しているなんて、考えてみれば普通に駆け出しである可能性の方が高いのに。

地図はギルドが金貨三枚で買ってくれた。

これで約三百万円。ローレンスさんから受け取った白金貨のせいで「そんなものか」と思ってしまった。ダメだ、感覚がおかしくなりかけている。

頭を振って、冷静に考える。

……うん。間違いなく大金だ。

この金貨三枚についてはサムさんたちからも貰(もら)ったも同然。なのでカトラさんたちと話し合い、しばらくの間は僕たちが積極的にご飯を奢ることにした。

また大きな変化として、僕の冒険者ランクがDに上がった。

本来は試験を受ける必要があるけど、今回はギルドの『特別昇格』という制度が適用され、試験を受けずに昇格できた。

未発見エリアを見つけた功績なんかが認められた形らしい。ダンジョンを探索するたびにかなりの量の魔石やドロップアイテムを売っていたのも一つの要因となったようだ。

実感としてEランクとDランクの間はそこまで大きくない。カトラさんにも試験を受けたらすぐにでも昇格することができるとは言われていたからなぁ。

だけど移動などで、試験を受けるタイミングを見つけられずにいたのだ。

Eランクは一ヶ月に一回は依頼をこなさないといけない制約がある。日数のカウントに気を使わないといけなかったので、それから解放されたと思うと肩の荷が下りた気分だ。

昇格するときにされた説明では、Dランクは三ヶ月に一回でいいらしい。


そんなこんなでダンジョンを探索したり、夜に露天風呂に行ってみたりしながら生活するうちに二週間が経過した。

着実な魔物討伐によって、現在のステータスはこうなった。

【名　前】トウヤ・マチミ
【年　齢】10
【種　族】ヒューマン
【レベル】8
【攻　撃】3500
【耐　久】3500

【俊 敏】３３７０
【知 性】53
【魔 力】５２００
【スキル】鑑定 アイテムボックス
女神レンティアの使徒
神ネメステッドのお気に入り
幸運の持ち主
フェンリル（幼）の主人

ダンジョールに来た時はレベル3だったことを考えれば、かなり成長できたんじゃないかな？

魔力の総量は明らかに増えたと感じられるくらいになったし。多分、攻撃や耐久も成長しているだろう。体に魔力を通したら効果が出るから、どんなことができるか試してみてもいいかもしれない。

ダンジョン内とはいえ下の階層まで行くには距離があるので、ほとんどが二階層での活動になったが、一度三階層に行った時も実力的には全く問題なかった。

確かな成長を感じた頃、宿の部屋でダラダラしていたらカトラさんが言った。

「そろそろダンジョールを発っても良いかもしれないわね」

「そうですね……僕もいいと思います」

雪は相変わらず積もっているが、フレッグさんに貰った魔道具もある。馬車の重量が減って、ユードリッドの負担は気にしないでいいはずだ。

それにレイはダンジョンで自由に動けていたが、ユードリッドは時々近場を歩かせてあげることしかできていない。

この街も十分に味わい尽くしたし、出立の時が近くなっている気が僕もしていた。

「リリーはどう？」

「わたしも、問題ない」

リリーの賛同も取れたところで、具体的な計画を立て始める。

近いうちに街を出ようと考えていることを夜ご飯の席でサムさんたちに伝えると、ジャスミンさんが含みのある笑みを浮かべた。

「ふふん、なるほどね……。じゃあ、私たちも同じタイミングで出発しようか？」

「悪くないな」

サムさんも腕を組んで頷いているが、どういうことなんだろう。

「出発って、どこかに行かれるんですか？」

「東での依頼を持ちかけられておっての。もしもお主らの出発が近いなら道中移動を共に楽しもうと、ちょうど話しておったところだったんじゃ」

またダンジョールの外での依頼が入っていたのか。数が少ないS級パーティだから、離れた場所への仕事も絶えないみたいだ。

僕とゴーヴァルさんのやりとりを聞き、カトラさんが眉を上げる。

「いいですね。せっかくですし、みんなで出発しましょうか」

「東の依頼って、何しにいくの？」

リリーが訊くと、モクルさんが教えてくれる。

「神王国を越えた先の大砂漠に、厄介な魔物が棲みついちゃったらしくてね。交易の妨げになってしまってるから討伐しに行くんだ」

大砂漠での魔物退治か……。

物語の世界の出来事みたいで、かっこいいな。まあ危険だろうから、僕には縁のない話だろうけど。

ダンジョール出発に向け、みんなで計画を練る。僕たちが目指す神王国の都までは一緒に行けるそうなので、今回は特に楽しい移動になりそうだ。

ダンジョンを擁する、迷宮都市ダンジョール。ポカポカと暖かい宿の外では、今日も雪が降っている。

番外編

幻の食材を求めて狩りへ

未発見エリアの情報が公開されてから数日後。

リスタちゃんが酒場の仕事が休みだというので、カトラさんは彼女の家に遊びに行った。

バタバタしていて先延ばしになっちゃってたからな。昨日の夜からご機嫌だったカトラさんは、朝に迎えに来たリスタちゃんと一緒に出かけて行った。

少し街を回って、思い出の場所を巡ったりもするらしい。

カトラさんにはいつもお世話になっているので、僕とリリーは宿で待ち、リスタちゃんとの二人だけの時間を楽しんでもらうことにしたのだ。

だからと言ってはなんだけど、暇になってしまった。

普段から予定がぎっちりと入っているわけではない。大体のんびりと行動して、思いつきを優先して横道に逸れることもしばしばの僕たち。

移動も含めて長い旅をしているから、こういうことには慣れている。

うーん、何をしようかな?

ソファーに寝っ転がり、お腹の上にレイを乗せながら考えているとリリーが防寒着を着込み始めた。

「あれ、どっか行くの？」

「……うん。ちょっと、そこで」

頭だけを上げて訊くと、リリーは窓の外を指した。厩舎の方に行くってことかな？

僕が曖昧に頷くと、リリーはいつもの帽子を被って出て行ってしまった。まあ流石に嘘を吐いて、勝手に一人で遠くに行ってしまったりはしないだろう。

だけど……念の為に。

「ちょっとレイ、ごめんね」

丸くなって寝ていたレイをスライドさせて、ソファーに降ろす。

窓辺に寄って外を確認してみると、しばらくしてリリーがてくてくと現れた。そこで何かをするつもり、というのは本当だったらしい。

しかし目的の場所は厩舎ではなく、その横だったみたいだ。

段々畑のような造りになったこの一帯。一つ上の土地との間に、今の僕の身長と同じくらいの石垣がある。

それに沿って積もりに積もった雪の前で、リリーは立ち止まった。

「何してるんだろう……」

つい見入ってしまう。

ジッとしていると思ったら、リリーは突然右手を前に出した。もしかして魔法を使おうとしている？

その時、彼女の前に積もっていた雪が浮かび上がった。それもかなりの量だ。二メートル四方くらいの雪が上に持ち上げられている。

そしてその雪の塊が、空中に浮かんだままギュッギュッと押し固められていく。見えない巨大な手で形が整えられているかのようだ。

「……すごい」

気がつくと巨大な雪玉が完成していた。

浮かばせていた雪玉を優しく地面に置くと、今度は一回り小さいものを作り出すリリー。

風の一般魔法の応用だろうか。あっても中級くらいで難度はそこまで高くないだろうが、器用じゃないと絶対にできない芸当だ。

一回り小さい雪玉を、最初に作ったものの上に載せると雪だるまが完成した。魔法の練習ついでなんだろうけど、楽しそうだな。

居ても立ってもいられず急いで僕も服を着込む。レイも付いてきたさそうだったので一緒に行くことにした。

僕の場合、生活魔法でもリリーと同じようなことができたりしないかな。まずは雪を持ち上げて固めるから……。

魔法のこととなると、いまだに集中力が一気に高まるのがわかる。あれこれと考えながら、早足で外に向かうことにする。

◆

リリーに合流して、試行錯誤の末に僕も魔法だけでの雪だるま作りに成功した。

基本的には風の生活魔法を使う。それに加えてウィンド・カッターなど、一般魔法も使うことで雪だるまのデザインを変える技も習得した。

昔、雪まつりに行った時に凄いクオリティの雪像を見たことがある。あれをイメージして作ったのに出来は酷いものだけど。

僕が雪像を作るのを見て、途中からリリーも雪だるまを変形させ始めた。レイが僕たちの様子を身守る中、黙々と二人で作業に没頭していると背後から声がかかった。

「やあ。ま、また面白いことをしてるね……」

「あ、モクルさん。おはようございます」

周囲をぐるりと見回して、やってきたモクルさんは困惑気味だ。

「……？　あっ、い、いつの間にこんなに……」

「すごい数。全然気づかなかった」

遅れて僕とリリーも周りを見て、自分たちがやったことに驚く。

あちこちに並んだ雪像の数々。サイズも大小様々でいろんな方向を向いて立っているから妙に不気味な光景だ。

「さっきまで外に出てたんだけど、カトラちゃんがリスタちゃんと歩いているのを見てね。トウヤくんたちは何してるんだろうと探してたんだけど……忙しかったかな？」

「ああ、いえ。特に予定もないですし暇だったんですけど、始めたら夢中になっちゃって」

「そっか、じゃあどうかな？　これから狩りに行ったりするのは」

「か、狩りですか……？」

まさかの提案すぎる。僕とリリーが顔を見合わせていると、モクルさんが慌てた様子で付け加える。

「あっ、そんなに大変なものじゃないからね。ダンジョールの東部にある雑木林に、雪ウサギって呼ばれている希少な白ウサギがいるんだ。警戒心が強くてなかなか獲れないんだけどね。びっくりするくらい美味しいから、ぜひ一緒に狩って食べてみるのはどうかな……って、思ったんだけど……」

へぇー、そんな生き物がいたんだ。

街のレストランやギルドの酒場でも見たことがない。気になって訊いてみると、一部の高級料理店にしか卸されないほどの高級食材だそうだ。

「普通の人には運が良くても獲れないからね。でも二人とも凄い魔法の腕だし、きっと問題ないはず。もしもの時は僕が慣れているから獲れないことはないと思うよ」

なるほど。本当になかなか狩ることができないウサギみたいだ。

相当警戒心が強いそうなので心配もあるけど、せっかく僕たちの腕を見込んで誘ってくれているのだし……。

「嫌だったら、全然断ってくれてもいいからね」

「……わたしは行く。美味しいもの、食べられるなら」

「そうだね。モクルさん、僕もぜひお願いします」

真っ先に頷いたリリーに続く。

せっかくだ。希少かつ、高級な美味しい食材と聞いたら無視するわけにはいかない。

「うん。じゃあ急いで出発しようか。遅くなると良くないからね」

ダンジョールを西から東まで行かないといけないので、移動に時間がかかるのだろう。モクルさんは張り切った様子で歩き出そうとしたが、すぐに立ち止まった。

やっぱり、ちゃんとした人だな。

何を言おうとしているのかわかったので、先に僕がリリーに声をかける。

「その前に、ここを片付けてからにしようか」

「……うん」

こんなに雪像があったら邪魔で仕方がないだろう。厩舎を利用するお客さんが来たら大変なので、宿の迷惑にならないように片付けることにする。

せっかく作った像を崩していく。リリーは少し残念そうにしていたが、二人で手際よく進めると一瞬で終わらせることができた。

あとは雪を元あった場所に戻して……。よし、完了だ。

僕たちが雪を片付けている間、モクルさんは雪ウサギを狩ってきたら調理を頼めないか宿の主人であるダインさんに確認しに行っていた。

「おう、ええぞ。その代わり今回も頼む」

ダインさんからはそう返事があったそうだ。

普段からモクルさんが雪ウサギを狩りに行く時は、ダインさんの酒のアテ用にお裾分けしているらしい。その代わりに下処理と、調理をしてくれているんだとか。

ぶっきらぼうなイメージがあったけど、優しい人だ。

「今度はいつ行くのかってせっつかれていたからね。今頃楽しみに待ってくれてるはずだから、絶対に成功させないとね」

嬉しそうに笑うモクルさんの案内で、僕たちはダンジョール東部を目指して出発した。

◆

雑木林は、ダンジョールに流れ込んでいる川の横にあった。裾野に沿って、奥は切り立った険しい斜面まで続いている。

入り口ともいえる地点で振り返ると、街が見渡せた。

開けているからすぐそこに感じるけど、ここまでかなり歩いてきたんだよなぁ。

街の外れまで来て、さらに進むと人の気配はしなくなる。すでにここは自然の中。人間の世界ではない。

モクルさんも気を遣って何度か休憩を挟んでくれている。しかしリリーは疲れが溜まってきたのか、僕の肩を叩いてきた。

「魔法つかって、スキーで登りたい」

「うーん。この先は木も多いし危ないよ」

たしかに以前にやった魔法スキーだったら雪の斜面を簡単に登れたからな。その気持ちはわかる。

「モクルさん、あとどのくらいですか？」

「ここから林に入ったら、良さそうなポイントを見つけるだけだから。もうすぐだよ」

だけど危険なことはさせられないので、モクルさんに確認してからリリーを励ます。

「ほら。あとちょっと、頑張ろう？　苦労して獲った雪ウサギだったら、多分もっと美味しいよ」

リリーの場合、おそらく魔力以外のステータスはそこまで桁外れではない。普通の十歳の体でここまで来たことを考えると、よく弱音を吐かず耐えたものだ。

疲労困憊なのは事実だろう。

しかし、そこは流石のリリー。一見クールではあるが競争心が強かったりと、実はメンタルが強い。

ふっ、と気合を入れ直したかに見えると、止まっていた足を前に出した。

「……わかった、がんばる」

木々の間を登っていく。雪が深い。

足がズボッと埋まるので、僕たちは先頭のモクルさんが踏み固めてくれた場所を踏んで進むことになった。

レイだったら問題ないだろうけど、一応移動の間は無力化して肩に乗せておこう。そう思っていたら、レイまでモクルさんが抱いて移動してくれることになった。

自分が誘ったからと、余計な気を使わせちゃったかな？

心配になって途中で声をかけたが、モクルさんは元気そうに首を振った
「このくらい大丈夫だよ。今日はいつも持っている道具も、トウヤくんのアイテムボックスに入れてもらってるからね。むしろいつもより楽させてもらってるよ」

言葉通り息が切れていたりする様子はない。

確かに普段から使うという道具類を入れた袋は、荷物になるので僕が預かっている。けどその荷物を持っていたとしても、全く疲れないくらい体力があるように見える。

本当、頼りになるな。

狩りに関してはズブの素人なので、甘えさせてもらえるところは甘えさせてもらっておこう。

十分ほど進むと、モクルさんが止まった。

「今日はこの辺りにしようかな。道具、もらえるかな」

「えーっと。はい、どうぞ」

小声で話しかけられたので、こちらも小声で道具を渡す。レイと交換みたいな形になったけど、地面に降ろしておいても平気だろう。

モクルさんが周辺を踏み固めてくれたので、地面に降ろして無力化を解く。

何も音がしない場所だ。時々木から雪が落ちると、その音がやけに大きく感じる。

全方位にたくさん木があるだけでなく、左右はなだらかに波打つような地形になっている。

「どこにいるからわからないから、警戒されないように静かにね」

モクルさんは僕たちにそう言うと、袋から根っこのような物を取り出した。

「ここで待ってて」

残りの道具を置いて、ゆっくりと右手の斜面を登っていく。

僕たちから見えるギリギリの位置で根っこらしき物体を地面に置くと、また足音に細心の注意を払いながら戻ってきた。

リリーが地面に置かれた根っこを指す。

「あれ、なに？」

「とある花の根でね、雪ウサギの好物なんだ。あれ自体も高級品だから毎回使っていたら赤字だけど、グッと成功率は上がるからね。自分たちで食べるだけの僕はいつも使っているんだよ」

また花の根っこというあれを好んで食べているから、雪ウサギのお肉は香りが素晴らしいそうだ。

モクルさんの指示で、風下で待機することになる。

「あとは寄ってきた雪ウサギを一発で仕留める。距離はあるけど、勘がいいから逃げられる前に一瞬でね。高速で倒せたら他の個体にも気づかれないから、比較的すぐに次のチャンスが来るんだ。最初の一羽は僕がお手本を見せるから、見ててね」

この場所を選んだのは、風が少なくて寒さがマシだからなのかもしれない。ジッとしていても、さほど辛くはない。

それでも長期戦になりそうな雰囲気だったので、アイテムボックスから椅子と毛布を何枚か取り出す。

「椅子まで入れられるなんて凄いね。これじゃ普段よりも快適なくらいだよ」

モクルさんも喜んでくれた。

十分、二十分と待つ。あとは息を殺して、花の根っこから目を離さないようにするだけだ。

しぶとく待っていると、遠くから微かに音が聞こえたような気がした。

……いや、聞き間違いかもしれない。

すぐにそう思ってしまうほど、小さな音だ。それきり何も聞こえないので本当に聞き間違いかと気を抜きかける。

しかしモクルさんが袋から何かを取り出したので、まだ気を抜かない。

やっぱり来たらしい。

モクルさんはこれまで見たことがないほど集中した表情で、花の根を凝視している。手に持っているのは、磨かれた石ころだ。

その時、急に根っこのもとに真っ白なウサギが現れた。

同時にモクルさんが素早く腕を振りかぶり、手に持っていた石ころを投げる。鋭い音を鳴らして飛んでいったそれは、根っこを噛んで持っていこうとしているウサギの頭へ掠るようにヒットした。

弾かれたように倒れた雪ウサギは、ぴくりとも動かない。

「「……っ！」」

結構離れているのに、あんな石ころ一つで仕留めてしまうだなんて。コントロールもさることながら、速度も凄かった。

リリーと一緒に感嘆しそうになるが、ハッと思い直して口を閉じる。

モクルさんは中腰で雪ウサギを回収しにいくと、ぐるりと周囲を確認してから帰ってくる。

「よし、成功だね。この様子だと、ここで続行してもいいかな」

慣れた手際で雪ウサギを絞め、ボソッと呟くモクルさん。

あんな勢いだったのに、当たり方が良かったから気絶させていただけのようだ。

血抜きをしてしまったら風下とはいえ匂(にお)いが広がるので、あとは僕のアイテムボックスに収納する。

「トウヤくんとリリーちゃんは、好きな方法でいいからね。僕の石を貸すこともできるし、魔法を使ってもいいし。……あ、でも次の人は血が出ない方法がいいかな」

「あっ、じゃあ僕がやります。石、お借りしてもいいですか？」

「うん。はい、どうぞ」

魔法だけだったら、雪ウサギを流血させずに仕留めるのは厳しいかもしれない。だけど魔法で補助して、力一杯この石を投げるという方法だったら……。

そう思い、石を使わせてもらうことにした。

集中して待っていると、今度は十分ほどで雪ウサギが現れた。

モクルさんのようにはいかないけど、花の根に噛み付いて持っていこうとする雪ウサギに石を投げる。

「『風よ』」

小声で風の生活魔法を使って、軌道を修正させる。

飛んでいく石を、かなり先まで調整することになったが無事に当たった。

よし……！

「回収は僕が行ってくるね」

「はい、お願いします」

何度も行き来させてしまって申し訳ないが、下手に動いて狩りに悪影響があったら困る。倒れた雪ウサギを取って来てくると、状態を見てモクルさんが褒めてくれた。

「トウヤくん、完璧だよ。魔法と投石を組み合わせて、あんなことができるなんて」

「はは、ありがとうございます」

素のテンションで、真っ直ぐと褒めてくれるからなんだか照れくさい。

大量に狩るのは御法度だから、あとはリリーが一羽仕留めるだけだ。魔法の天才リリーには、このくらいの狩りは簡単だったらしい。

僕の時よりも短い五分ちょっとで雪ウサギが来ると、氷の礫を飛ばしてあっさり狩り終えてしまった。

「いやーやったね！」

「食材、げっと。ぶい」

初めての経験だったけど、二人とも上手く狩ることができて良かった。

雑木林から出た後、嬉しくて雪ウサギを再び出して頭の上に掲げ、リリーとはしゃいでいたらモクルさんに苦笑されてしまった。

「ははっ、喜んでもらえたようで良かったよ。でも二人とも、お楽しみは帰ってからの料理だよ」

「……はやく帰ろう」

リリーが自分が仕留めた雪ウサギを僕に押し付けて、先頭を切って坂を下り始める。

言いたいことがないわけでもない。まあでも、疲れが吹っ飛んだみたいだから良しとしておこう。

レイも初めての場所に来れて、少しは楽しんでくれたみたいだし。遊ばせてあげられなかったけど連れてこられて良かった。

……あ、いや。これはもしかして。

僕が収納する雪ウサギに熱烈な視線を感じる。もう付き合いも長いので、何が言いたいのか大体わかった。

「わかるよ。自分にも分けろってことでしょ？」

僕が訊くと、「よくわかったじゃないか」といった感じでワフッと返ってきた。

◆

ダインさんに調理してもらった雪ウサギは、柔らかくさっぱりして思いのほか食べやすかった。フルーティーな香りを楽しむために味付けは最小限にとどめ、ソースをつけて食べる。野生味もありつつ、華やかな香り。奥深くて、高級フレンチとかで出てきそうな味だ。

あくまで、あまり舌が肥えてない僕の感想でしかないけど。いい物をたくさん食べてきているであろうリリーも「おいしい」と感動していたので、間違った感想ではないと思う。

幻の食材とも言える雪ウサギをお腹いっぱいになるまで楽しみ、残った分は翌日、夜ご飯にシチューとして提供してもらった。

正直こっちの方が美味しく感じたけど、素材の味を楽しむべき物だとわかっているから黙っておいた。

……うん。僕には、わかりやすい味の方が合っているのかもしれないなぁ。

もちろん狩り自体は刺激的で、良い思い出になったから満足している。

あとがき

「今や肩の上のマスコットと化しているレイに関する話（中略）について、なるべく腰を据えてじっくり展開できたらなと思っています。」二巻あとがきより抜粋

前回こう言ったにもかかわらず、レイの深掘りまで収録することができませんでした。……申し訳ないです。本当に。

軽い気持ちで次回予告なんてしてしまったこと、深く反省しています。執筆が終盤まで差し掛かったあたりで「あれ？　これやっぱり入り切らないんじゃ……」と気づき。自分の実力不足を痛感させられました。

いや。ごめんなさい、嘘です。

実は執筆途中から「今回はレイの話まで収めることは難しいかもしれないなぁ。あ、でも二巻のあとがきで言っちゃったし……。う―ん、まあ仕方がない。ここは思い切ってダンジョンでの話を中心に置くことにして。レイは次回に見送ろう。そっちの方がまとまりも良いし、悪くないよね。うん、悪くない悪くない」と自己弁護してました。

なんという愚かさ……。いまだ、前回のあとがきで何故はっきりと予告してしまったのか、と悔

やんでいる時点でダメなところが出てしまっている気がします。いや、悔やむべきところは別にあるだろうと。

二巻での予告を破ってしまったことを猛省しつつ、とにもかくにも、レイに関するエピソードは次回にお預けとなります。そのため今回もレイには変わらずマスコットとして、トウヤとのんびりしてもらうことが中心になりました。詳細は避けますが、サムたちとのシーンで少しレイについて踏み込みそうなところもありましたが。

次回こそ、しっかりとフォーカスを当てた話を入れられるように頑張ります！

ダンジョールから出発して、舞台を公国から神王国に移し……っと、これ以上はやめておきましょう。危うく早速前回と同じ轍を踏むところでした。

ここは明記せず、ぼやかしておくことにします。

では紙幅が余ったので、今回こそは近況報告でも。

二巻でも生活環境の変化などがあったと軽く触れていたのですが、今回の執筆中は、より私生活に変化がありました。良く言えば人生のステップアップ、平たく言えば一歩前進くらいの話です。

ですが、そんなバタバタとした生活を送っている最中、祖父が亡くなりました。

詳細は省きますが、十年ほど要介護者だった祖父は、それでも周囲の支えを受けながら大往生を遂げたと思っています。

しかし、身近な人を亡くすという経験に乏しかった私は、以来「他者の死」について考えることが多くなりました。寂しさや苦い感情。同時に、死を受け入れることの必要性。

そんな時、自分の中から湧き上がってくるものがありました。

それがこの作品の存在であり、トウヤやレンティアです。自らが書き、作り出した世界が温かさを持って、死に対する一つの見方を提示してくれた気がします。

作中で死を経験し、異世界でのんびりと旅をすることになったトウヤ。それを見守るレンティアをはじめとした周囲の人々。

一つの人生が終わっても、次に生きていく道がある。そう思えることで、ちょっとだけ寂しさが薄まり、後ろ向きにならずに済んだような……。

日々の生活を忘れ、気楽に異世界での生活を楽しめるような作品にしたい。そう思って書いている本作が、自分自身のものの考え方にも、優しく手を差し伸ばしてくれるとは思ってもみませんでした。

少し感傷的になってしまいました。まあ、何が言いたいのかよくわからないですが、とにかく人生の終わりの先にまた幸せがあってくれたら嬉しいな、ということです。

今もあれこれと考えてはいますが、祖父が幸せだったこと、そしてこの先にも幸せが待っていることを願っています。その方が、自分も前向きに生きられる気がしますし。

それでは、最後に謝辞を。

担当編集さん。毎度、大変お世話になっております。今回こそ、貴方のお力添えがなければ原稿が完成しなかったかもしれません。本当にありがとうございました。（ご迷惑もおかけしっぱなしで申し訳ないです……）

ｏｘさん。今回も素敵なイラスト、感謝感激の連続でした。温かくて生き生きとした登場人物たちの姿、微笑ましかったです……！

その他、本書の制作や販売に関わってくださった全ての方々にも心からの感謝を。

お手に取ってくださった皆様も、本当にありがとうございます。二巻から大変お待たせしてしまい、ごめんなさい。次回は早めにお届けできるよう計画していますので、お待ちいただけると幸いです。

では、ひとまずの旅の最終目的地、神王国・神都編でまたお会いできることを楽しみにしています。

和宮（わみや）　玄（げん）

神の使いでのんびり異世界旅行 3
～最強の体でスローライフ。魔法を楽しんで自由に生きていく！～

2024年5月31日　初版第一刷発行

著者　和宮玄
発行者　出井貴完
発行所　SBクリエイティブ株式会社
〒105-0001　東京都港区虎ノ門 2-2-1

装丁　AFTERGLOW
印刷・製本　中央精版印刷株式会社

ISBN978-4-8156-2334-0
Printed in Japan

ファンレター、作品のご感想をお待ちしております。

〒105-0001　東京都港区虎ノ門 2-2-1
SBクリエイティブ株式会社
GA文庫編集部 気付

「和宮玄先生」係
「ox 先生」係

本書に関するご意見・ご感想は
下のQRコードよりお寄せください。
※アクセスの際に発生する通信費等はご負担ください。

試読版は
こちら!

悪役令嬢と悪役令息が、出逢って恋に落ちたなら４

著：榛名丼　画：さらちよみ

「最後の勝負をしよう、ブリジット。もしも、僕が勝ったら——」

「負ける気はさらさらありませんわ！」

　図書館の出逢いから始まった二人の学院生活も終わりが近付き、ついにオトレイアナ魔法学院の卒業試験が始まる。学院生活の集大成を発揮すべく令嬢ブリジットは奮闘するが予想以上に厳しい試験の最中、公爵令息ユーリの記憶を垣間見て……。そこで目にしたのは幼き日のブリジットとユーリの姿だった。

「……どうして僕を、嫌ってくれなかったんだ」

　過去から現在、そして未来へと祈りは繋がっていく——。

「ユーリ様には、夢はありますか？」「僕は、ブリジットと一緒にいたい」

　自分の気持ちに素直になったユーリが、ブリジットに伝える想いとは⁉

一瞬で治療していたのに役立たずと追放された
天才治癒師、闇ヒーラーとして楽しく生きる6
著：菱川さかく　画：だぶ竜

レーデルシア学園で学んだ経験を元に、ついに貧民街に学校を開校したゼノスたち。初めての学校に子供たちも期待を膨らませる中、生徒の一人、クミル族の少女ロアは冒険者としての実践を教えて欲しいと不満を漏らす。

そんな折、現代の剣聖と称される剣士アスカとの偶然の出会いによって、ゼノスはロアとともに腕自慢が集う魔獣討伐遠征に同行することになってしまう。

「さ、怪我は治したから、さっさと起きろ」

「まじでおたく何者なんだよ……」

久しぶりの冒険にもかかわらずその力で否応なしに実力者たちの注目を集めていくゼノス。だが、冒険の地では予期せぬ異変が起こっていて――

「小説家になろう」発、大人気闇医者ファンタジー第6弾！

試読版は
こちら!

試読版は
こちら!